ゴースト

中島京子

朝日文庫

本書は二〇一七年八月、小社より刊行されたものです。

目次

ゴースト

第一話　原宿の家

いままで聞いたことのある幽霊譚でもっとも印象的だったのは、同世代ばかりが集まった友人宅の飲み会が深夜に及んだころに、大分から出張で来ていてその日はそこに泊まるのだという、小さな機械部品工場を経営する五十がらみの男性の語ってくれた話だ。仮にその人をWと呼ぶことにする。

「僕は、幽霊そのものはちょっと信じていないんですよね」

と、Wは前置きした。

「おそらく僕は幽霊に会ってるんですよ。だけど、それを幽霊と呼ぶのには強いためらいがあるんですよ」

こめかみあたりの髪に白いものが交じる彼は、工場の社長然とした寡黙な印象の中年男だった。

＊

Ｗは大学に入学して初めての春休みに、先輩の紹介で、とある不動産屋のアルバイトを引き受けた。八〇年代の中ごろのことだ。都内の一角の地図を渡され、その区域内を一軒一軒個別訪問してアンケート調査をする。いわゆる地上げ屋の下調べのようなものだったのだろうが、調査結果が何に使われるのかなど、Ｗは気にしていなかった。

リストを片手に、ふだんは寄りつかない欅《けやき》並木の大通りから路地を入ると、急に静かな街があらわれた。原宿という街はいまも、一歩入ると竹下通りや表参道の喧騒とはまるで無縁に、人々の日々の営みが繰り広げられる場所ではある。ゆるい坂道を早足で登るとＷの体は少し温まってきた。

地図を頼りに向かった路地の奥には、万年塀の一角が無愛想に口を開いたような薄暗い入口があり、中に入ると、ひんやりした空気が強まった。庭には大きな棕櫚《しゅろ》の木があり、母屋を隠す門番のように葉をひろげていたから、風情のある家の姿は人目には立たず、孤高を保つような雰囲気でそこにあった。でこぼこした敷石に足を取られないように下ばかり向いていたＷだったが、目の前を飛び去った尾長の勢いに驚いてふと上を向くと、外からはわからなかった大きな家の全貌が目に入った。立派な家屋敷も多いその住宅街にあっても、きわだって風格のある家だった。

玄関のある左側の建物は完全な洋館で、遠くからはグレーに見えた屋根は薄い緑色の銅板葺きだった。一階はスクラッチタイルで化粧され、二階はモルタルで仕上げてあり、三連の格子窓に半円形の飾り庇《びさし》がついていた。

縦長の洋館の右横に連なるような形で和館が続いていた。池と灯籠のある庭に面した濡れ縁は樹木の陰になっており、雨戸も半分以上閉め切りで、一見すると誰かいるようには見えなかったのだが、そんなふうにして出かけてしまうのはいかにも不用心だった。

洋館の玄関の軒に「木本」という表札がかかっていた。呼び鈴は真ん中に白い突起のある黒い丸い形のもので、そこから灰色のケーブルが伸びてはいたが、形式から見ていかにも古めかしく、電気が通っているのか、それが家の中に音を響かせるのかどうか疑わしいような代物だった。それでもとにかく手をかけようとすると、背後に人の気配を感じた。

振り向くとそこには十歳くらいの少女が立っていた。まっくろな髪をおかっぱにして前髪を眉の上で切りそろえ、二の腕のあたりが少し膨らんだ長袖の紺のワンピースを着て、白いソックスに、ストラップのあるエナメルの靴を履いていた。そのいかにも「よそいき」という感じの服が、どこか懐かしかった。

「こんにちは」

と、Wは声をかけた。

「きみ、ここんちの子？」

少女は、Wを睨んだまま答えない。

「今日、お母さんはおうちにいる？」

こんどは静かに頭を横に振った。

「じゃ、きみだけで留守番？」

女の子は怒ったような顔つきで頭を左右に振った。

「みんなはどこにいるの？」

「いないの」

「どこかに出かけてるの？」

「そうじゃないけど、みんな、いないの」

少女はそう言うと家屋の裏のほうに走っていった。Wは面食らってそのまま玄関に残された。いくら小さい女の子だからって、もう少しきちんとした受け答えができていい年頃じゃないのかと思った。

気を取り直して呼び鈴を押した。幸いなことに、家屋の奥でじりじりと音がするのが聞こえた。十秒ほど待ってから二回目を押した。誰も出てこなかった。念のためにドアノブに手をかけて回そうとしてみたが、固いノブは回らなかった。しかたがないので縁側に回り、半分だけ開いた雨戸の奥の硝子《ガラス》戸を引きあけてみようとしたが、こちらも鍵がかかっていて、がたがたと音をさせただけで動こうとしなかった。女の子はよそいきの服を着ていたから、家族でどこかへ出かけて帰ってきたものの、何か足りないものでも思い出し、子どもを置いて、近所に買い物にでも出たのだろう、とWは考えた。そこでしばらく大人たちの帰りを待つか否かが問題だったが、時計を見て出直すことにした。その日にこなさなければならないノルマが、まだ数軒残っていたからだ。

次に訪ねたのも、少し寒い日だった。

呼び鈴を鳴らす前に庭から縁側を覗くと、こんどは雨戸がすっかり開いていた。Wはそのまま硝子戸に手をかけて引きあけ、

「ごめんください」

と声を上げた。

しばらくして廊下を歩く静かな音がし、目の前でカーテンがしゃっという音を立てて閉まった。

「玄関に回って」

そう聞こえた。女の声だった。

田舎育ちのWは、縁側にはなじみがあって、表玄関より気楽な入口だと思う癖があったが、東京の住宅街では通用しない常識なのかもしれないと思うと、不作法を責められるのではないかと気が重くなった。

逃げ帰るわけにもいかないので、もう一度玄関に立ったが、くたびれたセーターにジーンズという普段着で出かけてきたのも気になった。調査のために事務所で作ってもらった名刺の在《あ》り処《か》をあわてて探した。ドアには一部、飾り硝子が嵌《は》めこまれていたが、よく映りもしないのにその硝子のぼんやりした影に向かって、手で何度も髪を整えてから、呼び鈴を押した。

女が出てくるのにはひどく時間がかかった。出てきてくれる気がないのか、呼び鈴が聞こえなかったのか、もう一度呼び鈴を押すべきか、さんざん迷って立ちつくし、あきらめて帰ろうというころになって、ドアが開いた。目が合った。

意外にも、若い女だった。薄いイエローのカーディガンを丸襟のブラウスの上にひっかけ、モスグリーンのスカートを穿《は》いていた。少し睨むように見上げてくる目が大きな二重で、唇がふっくらしていた。

「どなた」

その唇が開いて、そう言った。Wは金縛りにあったように身動きできなくなった。

一度開いたドアが静かに閉じようとしたので、あわててWはドアを引きあけて、

「待って」

と、叫んだ。

力任せに開いたので、向こう側でドアノブをつかんでいた女が、バランスを失って飛び出してきた。彼女の腕が伸びて、白い指がWのセーターをつかんだ。上目づかいに睨む目の上の二つの眉がぐっと真ん中に寄っていき、もう一度そのふくよかな唇が開いて、

「やめて」

と言ったのと、Wがしどろもどろに、

「すみません」

と謝ったのは、ほぼ同時だった。

彼女は体勢を立て直し、しかしこんどはドアを閉めようとせず、言いたいことがあるなら言ってみろとばかりに両腕を胸の下で組みあわせた。

「これ」

そのころWは、名刺の渡し方も知らない学生だったので、まるで警察手帳でも掲げるようにしてそれを見せた。彼女は腕を開いて、片手で名刺を引ったくって眺めた。

「ここらへんの建物の聞き取り調査で回ってて、このアンケート項目に従って聞いていくだけなんで、時間がないなら取りに来るから。ここに、書いてもらえればと思って」

しばらく下唇を噛《か》んで不審そうに目の前の男と名刺をかわるがわる眺めていた彼女は、

一つ大きなため息をついてから手を伸ばした。

「え？」

Wはうろたえて体を硬くしたが、彼女はもう一度白い指を伸ばして人差し指と中指の間にアンケート用紙を挟んだ。Wの手からするりと紙を抜き取ると、

「書いとく」

と、彼女は言った。

ドアが閉まった。

もう一度呼び鈴を押して確かめる図々しさは持ちあわせていなかったし、とにもかくにも彼女はアンケート用紙を受け取ってくれたのだから、頃合いを見て取りに来ればいいのだと、Wは帰り道で考えた。

そう考えたらなんだかうれしくなってきた、とWは語った。欅並木を少し浮かれ気味に歩いて駅に戻ったのだと。同潤会のアパートが壊されて表参道ヒルズに生まれ変わるなんて、誰も考えてもみなかったころの話だ。


その家からはお菓子の焼ける匂いがしたという。

初めてWが家の中に足を踏み入れた日のことだ。表参道を左に折れて路地を行くと出現する、塀に囲まれたその一角は、最初に見たときよりもさらに鬱蒼《うっそう》としているように

感じられたが、万年塀の内側に入ると砂糖とバタに火が入ったときのいい香りがした。

このときは少しだけ服装にも気を遣い、慣れないネクタイを締めて出かけた。若い女の年齢は不明だったが、自分と同じか少し年上くらいだろうとWはあたりをつけた。肩までの長さのウェーブのかかった髪にヘアーバンドをしていた彼女は、Wの周囲の大学生と比べると、化粧も少し大人びて見えた。

髪を撫でつけて呼び鈴を押すと、中から返事が聞こえた。怒っている声ではなかったのでほっとした。彼女が出てきた。背の低い彼女を上から見下ろすと、ブラウスの合わせ目から白い胸が少しのぞいた。

玄関で返されると思っていたのに、彼女は明るい声で、

「入って」

と言った。

「書くの、めんどくさい。聞き取り調査って言ってなかった?」

少しはしゃいだ感じがあったような気がしたと、Wは言う。

靴を脱いで上がった玄関はきれいに拭き掃除がされていて、刺繡のついたスリッパの下の廊下もよく磨かれて光っていた。通されたのは応接間で、ベッドにしたいような大きな長椅子と、子どもだったら三人はかけられそうな一人掛けソファが一つ、楕円のカフェテーブルを囲むように置いてあり、壁には造りつけの暖炉があった。火は入ってい

なかったが、まだ新しい灰の跡があった。

「食べてみて」

ソファに腰かけて物珍しげに周囲を見ていたWに彼女はそう声をかけた。目の前に金の縁のついた紅茶カップと、やはり高そうな皿が置かれた。皿にはやわらかいカスタード風のフィリングの入ったパイが載っていた。彼女は朝からこれを焼き、庭中をいい香りに包んでいたのだとわかった。

すすめられるままに一口頰張って、Wは少し顔をしかめた。

「甘い？」

悪戯《いたずら》をしかけるような顔で笑って、女は自分の皿に載っていたパイを親指と人差し指でつまみあげ、大胆に口を開けて先の方から三分の二くらいを齧《かじ》った。

「これ、これ。この甘さが、このパイなの」

どろどろの砂糖を食べているのかと思うほど甘いフィリングだったので、Wはうなずきながら少し笑って、この苦手な食べ物を、おしまいまでしっかり食べてしまう決心をした。

パイを腹に仕込むと、Wはアンケート用紙を取りだした。順番に質問をしていれば時間は相当持つはずだし、仕事を持っているようには見えない彼女と春休みの学生には、時間だけはたっぷりあるはずだった。ところが、住んでいる人にとってはそう難しそうには思えない質問の一つ一つに、女はきちんと答えてくれなかった。「たぶん」とか「だと思う」とか「よくわからない」などのあいまい表現が多くて、ひょっとして少し頭が弱いのかなとWは思った。

「ここにいま住んでいるのは、きみと家族？　このまえ来たとき、玄関で女の子に会ったけど、妹さん？」

女は顔を上げて、そうだともそうでないとも言わず、空になったティーカップとケーキ皿を盆に下げながら、

「家の中、見る？」

と言った。

そのために来たんだと答えて立ち上がると、パイの屑が床に散らばった。

洋館は応接間の他に部屋が三つ。一階に一つと二階に二部屋あった。階段の裏手になんだか家にそぐわない突貫工事風のシャワー室があって、そのせいで一階の部屋は他に比べて狭苦しくなっていた。二階に広いベッドルームと、客用なのかやはりベッドの置かれた部屋があった。

けれどもその家を少し風変わりに見せていたのは、洋館ではなくて和館のほうだった。薄暗い渡り廊下をたどると、あの、縁側を持つ日本家屋に行くことができるのだが、不思議なのはそれぞれの居室が不必要に見えるほど白く、床柱までがペンキでまっ白に塗

りたてられていることだった。床の間を擁した和室は次の間との仕切りの襖を外して一続きの大きな部屋になっていたが、欄間《らんま》までが白く塗られ、洋風のダイニングセットが置かれ、床の間には食器棚が埋め込んであった。奥の間もしらじらした部屋の畳の上に絨毯が敷かれ、その上に大きなベッドが載っていた。

「悪趣味」

Wが白い柱を茫然と見つめているのに気づいた女はそう言って、鼻の頭に皺《しわ》を寄せた。何も言わずにWは南向きの縁側と反対にある廊下に進んだ。

和館は平屋造りで、北側には水回りが集中して作られていた。古めかしい磨《す》り硝子の戸を女が開いて、親指で中に入れという合図をしてみせたので、風呂場と思われるその場所に足を踏み入れるなり、Wは思わず声を上げた。いきなりそこに派手な黄色のタイル張りのバスルームが出現し、猫脚つきのバスタブが鎮座していたからだ。彼女はふふんと鼻で笑ってみせた。

「すごく」

Wは言い淀んだ。

「ユニークな造りだね」

それを聞くと彼女は眉をひきつらせるようにして、唇の端を歪めた。

風呂場の隣にはトイレがあり、こちらには木の蓋のついた腰かけ型の便器が設置されていた。廊下の引っ込んだところに、黒い卓上電話があった。

さらに奇妙だったのは、北のいちばん西寄りの一角だった。まるでそこだけ別の家を嵌めこんだような造りになっていて、四畳半と三畳の間、とても簡素な台所、そして裏庭につきだした厠《かわや》があった。小さなバケツを吊り下げたような形の手洗い器は、田舎の家が水洗トイレを導入するまで使っていたものにそっくりだった。

「ここだけ違う家みたいだな」

そうWが感想を述べると、女はちょっと肩をすくめるようにした。

「昔は女中部屋だったのを改装したって聞いたけど」

「女中部屋！　たしかにこんなにでかい家なら、女中は必要だね」

あらためてWはその四畳半と三畳の空間を見た。

そこには家具がなくてがらんとしていた。

都心にしてはかなり大きな邸だったから、それなりの財力のある人の家だと予想されたが、女中部屋一つとっても、一世帯住めそうな広さだとWは思った。

「戻る？　もう一杯お茶を淹れるから」

そう女が言った。

もう、あの甘すぎるパイはごめんだと思ったが、Wは喜んで従った。

というのも女はそう言って、Wの手首をつかんで歩き出したからだ。ちっとも埋まらないアンケート用紙に何か書き入れることに関しては、それ以来、どうでもよくなった。

女の名前はノリコと言った。女はその家の持ち主ではないようだった。

持ち主はいま一家で海外に滞在中だとかで、女は留守の家の管理を任されているのだった。回答があいまいなのは、この家について何も知らないせいであると、Wは断定した。数十軒ある調査のうちの一軒がいい加減でも特に大問題とは思えなかったし、もっとデータのとりにくい物件などいくらでもあった。いつのまにか女と会うことじたいが目的になってみると、適当な答えを書き入れてアルバイト先に提出した後は、アンケートのことなどすっかり忘れてしまった。

持ち主がいないのをいいことに、女は洋館の二階にあるベッドを独り占めしていた。階段わきの小部屋でシャワーを浴びて、幅の広いタオルをぐるっと体に巻きつけて、裸足で階段を上る彼女の後についてその部屋に入ると、まるでホテルのようにきちんと整えられたベッドがやたらと大きく見えた。

「ここにきていちばん最初に覚えたのはベッドメイクだった。大きなシーツでバネ布団を包んだら、もう一回別の大きなシーツを重ねるの。毛布が直《じか》に体にあたるとちくちくするから。シーツとシーツの間に入るの、こうやって」

バネ布団というのは、聞いたことのない言葉だった。もちろん意味はわかったけれど。

ノリコの言葉はときどき妙だった。でも、もちろんそんなこともどうでもよかった。ひんやりしたシーツの中の彼女の肌はとても滑らかで、Wの意識はノリコの脚や腹や乳房や首筋や、股の間の柔らかい湿った入り口に集中した。終わって心地良い眠りに襲われると、Wはそのベッドに放っておかれたのが心地良かった。生涯でいちばんひろびろとベッドを使った。目が覚めると、こんどはスパイスや肉汁の匂いが家にたちこめた。

地方から出てきて、少ない仕送りとアルバイトで日を送る貧乏学生、洋食といえばカレーライスや定食屋の安いハンバーグくらいしか食べる機会のない十九歳にとって、そこは天国のようだった。アメリカ映画の中で誕生日の子どもにそうしてやるように、ノリコは銀のお盆に料理を載せて運んできて、もぞもぞとベッドで半身を起こしたWの腿を覆う布団の上にそれを置いたのだった。

彼女が作ったのは、チキン・キャセロールという料理だった。なんでそれをキャセロールと呼ぶのかたずねると、唇をひんまげて、

「知らない」

と拗《す》ねた。

「いちばん簡単なの。野菜と鶏肉を炒めて、キャンベルのクリームスープをぶちまければいいんだもの。チーズがあればチーズを載せるけど、パン屑を散らしてオーブンに入

れて十五分でできあがり」

パン屑というのは、パン粉のことだった。ノリコはそれを買わずに、乾燥させたパンを砕いて自分で作っていた。びっくりすることに、彼女はパンも自分で焼いた。チキン・キャセロールには炊いた白飯が添えられていて、千切りにしたにんじんとグレープフルーツを混ぜあわせたサラダもついていた。

料理上手を褒めると、

「だって、あたし、勉強したんだもの」

と答えた。

枕元には、『The American Way of Housekeeping アメリカ式家政法』と書かれた分厚い本があった。カバーには、グリンピースに埋まったスモークサーモンかなにかの絵が描いてあった。

そのころWは単発で受けた不動産屋の件の他に、夜警のアルバイトをしていたので、週末以外は夜八時すぎに引き上げて江東区の倉庫に行かなくてはならなかった。彼女のそばを離れて、きらきらした表参道を通り、あじけないがらんとした倉庫に向かうのは気が乗らなかった。けれども、名残惜しそうな態度を取るのはWのほうだけで、彼女は玄関まで出てくると、そっけなくドアを閉じたものだった。

家の外ではノリコに会わなかった。いつもWが訪ねて行って、Wがさよならを言って、それでおしまいだった。どこかにいっしょに行こうと言うと、白い眉間に皺を寄せて、嫌だ、と彼女は言った。

「どこにも行く気はないわ。この家を離れたくないの」

「横浜か鎌倉へでも行かない？　友達に車を借りられるかもしれないんだ。親父さんの車だけど。免許は去年のいまごろ田舎で取ってるんだ」

「嫌、そんなの。慣れてない人の運転なんて怖い」

「じゃあ、電車で行ってもいいよ。江ノ電かなんかに乗ってさ」

「行きたくないんだってば」

「どうして」

「どうしても何もないの。この家を離れたくないの」

Wは彼女を外に連れ出すのをあきらめた。考えてみれば、べつにどこにも行く必要がなかった。そこにいるだけで、ひどくおいしいものが食べられたし、シャワーもベッドもあった。ベッドに入ったままコカコーラを飲むのが彼女の癖だったが、Wは彼女の手から瓶を奪い取って一口飲み、それからまた彼女の上にのしかかった。

ある日の午後、たまたま近くを通りかかったので家を訪ねてみると彼女は不在で、何度呼び鈴を鳴らしても出てこなかった。玄関前の石段に腰かけて本を読みながら待ってみたが、薄暗くなってもまだ帰ってこなかった。

今日はもう帰って、あとでアルバイト先の倉庫から電話をかけようと立ち上がり、万年塀を抜けて路地に出ると、そこに一人の女が立っていた。

「あのこを見かけたでしょう」

と、女は言った。

誰に話しかけているのかわからなくて、そのまま行き過ぎようとすると、その痩せぎすで少しくたびれた様子の女、年のころはどうだろう、六十歳くらいには見えたその女が、唐突にWの腕につかみかかった。

「あのこを見たでしょう」

そう、女は繰り返した。

「ここの人なら出かけているみたいですよ」

少し、薄気味が悪い気がして、そう言って腕を振りほどこうとしたが、女は目を瞑《つむ》って頭を横に振り、

「そうじゃないの。あのこ。見かけたでしょう」

と言う。

Wの脳裏にあの少女の記憶が蘇った。この家を初めて訪れたときに出会った、よそいきの服を着たきれいな女の子だ。

「小学生くらいの、おかっぱの子のこと？」

「あのこね、幽霊なのよ」

と、女は言った。

すっかり日が落ちて住宅街は暗くなってきていたし、あきらかに白髪を安物の染髪剤で染めた年取った女というのがまずどうにも気味が悪い。そのうえ、飛び出してきた言葉が「幽霊」ときては、もう幽霊本人に腕をつかまれた気分になってしまい、こんどは力任せに振りほどいて、その場に立ち尽くした。女は自分を納得させるように、もう一度、

「幽霊だよ」

と、つぶやいた。

「やめてくださいよ、そんな話を聞きたくてここに来たわけじゃないんですから」

「でも、聞いておいたほうがいい」

「なんでですか」

「だって、一度見えたら何度も見るから」

Wはその女を振り切って大通りへ出た。そこはいつものように明るくて陽気な並木道だった。けれどもそれから何日かして、Wはまたそのオレンジ色に近い髪をした痩せた女に会うことになった。

Wの毎日が唐突に、ひどくつらいものに変異したからだ。電話を何度かけても彼女が出ない。思い余って訪ねて行くと留守にしている。居留守でも使っているのかと思って庭へ回り、縁側の雨戸をどんどん叩いてみたり、大声で呼んでみたりしても出てこない。週末には明け方近くまで玄関前の階段に腰かけて待っていたこともある。あの当時は携帯電話もパソコンも何もなかったから、メールで連絡することもできない。

何かに憑かれたように、Wは原宿の家に日参した。そのころはストーカーという言葉もなかったし、自分のしていることが客観的に見ておかしいかどうか考える余裕もなかった。最初はどこに出かけてしまったんだろうと思ったが、だんだん、彼女に何かあったんじゃないかと心配になってきた。そのうち、自分は捨てられたんじゃないかと思い始めた。そうした振り子のような妄想に振り回されて、Wはその家に通い続けた。

そんな状態でもう一度その痩せた女に会った。

「彼女はどこに行ってしまったんですか」

Wは、ためらいもなくその女にたずねた。女もためらいなく答えた。

「あっちでしょうね」

「あっちって」

「彼岸でしょう」

「死んだって意味ですか」

「だから言ってるじゃない。あのこ幽霊なんだってば」

「僕が聞いているのは、あの小さい女の子のことじゃないですよ」

「だけどあなた、聞いといたほうがいいんだってば」

Wは深いため息をついて、この女は頭が少しおかしいのだと思った。そしてその場を離れない口実を見つけたと思うことにして、話を聞き始めた。

「あのこは、この家に住んでいた資産家の遠縁だったの。父親が南方で戦死して、母親と二人で行った東北の疎開地で母子ともども疫痢《えきり》になってしまった。魂が浮かばれなくて、子どものころによく遊びに来ていたこの家にやってくる。あのこの家は建物疎開で壊されたし、借家でたいした家でもなかった。だから、東京といって執着があるのがこなんだろう。ここに来ると、夢みたいにおいしいものが食べられたから。だからいつもよそいきを着て出て来る」

「いつの話です？」

「戦争の前」

「そんな、四十年以上も前の話！」

「でも、そうなんだもの」

「建物疎開って何？」

「空襲があったときに焼けて延焼を引き起こしそうな場所の建物は、あらかじめ壊してしまうの。そうやって壊された家がいっぱいあったんですよ」

「あの女の子と知り合いだったんですか？」

女はこっくりうなずいた。

「そして幽霊になった姿も見たと」

「何度も」

Wは女の子の姿を思い浮かべた。とても幽霊には見えない、リアルな女の子だった。

「なんで僕にそんな話をするんですか？」

横を向いてたずねると、聞いているんだかいないんだか、

「執着が強いから、ここに戻ってくるの」

と繰り返した。

Wはさすがに嫌になり、ぶつぶつつぶやく女を置き去りにしてバイト先に行った。

仕事場に着くなり、電話が鳴った。

受話器を取り上げると、ノリコの呑気な声が聞こえた。Wはほっとして、ほっとするなり怒りがこみ上げて、

「どこ行ってたんだ、バカ！」

と怒鳴りつけてしまった。

それで彼女はびっくりして電話を切ってしまい、後悔と心配がいっしょくたにやってきてどうにもならなくなったWは夜が明けるのをじりじりして待ち、バイト明けの地下鉄に飛び乗って、まだ人もまばらな表参道を駆け上がり、あの家に戻った。

寝ていたノリコは起きてきて、

「バカはどっち」

と言いながらもWに笑いかけたので、長い緊張が解けて矢も楯もたまらなくなって、そのままベッドに戻して彼女を抱いた。

いったん彼女の行動に謎が生まれると、もうそのままにしておくことはできなくなり、友人との約束や自分の趣味で埋めていた時間を使って、ことあるごとに彼女を訪ねた。どこに行っていたのかという問いに彼女は田舎の両親を訪ねていたのだと言った。それはどこなのかとか、両親のどちらかが病気なのかとか、なぜ電話くらいくれないのかとかいう質問の一切に、彼女はバカにしたように笑って答えなかった。この時点で、Wの敗北が決まった。彼女はWをだいじにしなくなった。

「毎日会いに来なくていいから」

やんわりと、でも断固たる口調で彼女は言った。

「疲れる。そういうの。それから、わかってるでしょう？　持ち主が帰ってくるのよ、もうすぐ。そうしたらこんなふうには会えなくなる」

それは大問題だった。けれどもそれ以前に、Wは彼女を疑い始めた。

彼女には会いに行く相手がいるのではないか。そうでなければ、ここに通ってくる男がべつにいるのではないか。その男がいつ来るかわからないので、家を離れるのは嫌だとあんなに言い張るのではないだろうか。おそらくはその男とこの五日間ほどを過ごしたのだ。だいいち、この家の持ち主とはどういう関係なのか。

「この家の持ち主ってどういう人なの？」

Wはベッドの上で打ち解けた気分を演出しながらさりげなくたずねる。

「またその話？」

彼女は眉を顰《ひそ》める。また？　と逆にたずねられてWは落ち着かなくなった。そんなに何度もその質問をしただろうか。

「家族はいるの？」

「奥さんと、娘が一人いるわ。いっしょに旅行中」

「きみはどういう経緯《いきさつ》で雇われたの？」

「うるさいなあ。なんでそんなことを聞くの？　求人があったからよ」

うるさいと言われると、Wもその話題を続けるわけにはいかなかった。嫉妬しているのが露わになってしまうし、だいいち嫉妬の対象がほんとうに存在するのかも、それが彼女の雇用主なのかもわからない。

機嫌のいいとき彼女はあいかわらずパイを焼いた。苦手だった甘ったるい味が、だんだん癖になってやみつきになった。甘いパイを食べたり、ベッドでいつのまにかうたた寝したり、そんなだらだらした午後を過ごしてから、ぶっきらぼうな倉庫街に戻って行くのはひどくつらかった。バイト先から電話してつながらないと頭がおかしくなりそうだった。

彼女の雇い主は、本当は独身なのじゃないか。あるいは単身赴任かなにかで東京におり、週末だけ家族のいるところに帰るのではないか。平日の夜になると職場から帰ってきて、日本間を冒瀆《ぼうとく》するように置かれたあのでかいテーブルで食事を摂り、「悪趣味な」風呂をいっしょに使い、白く塗られた日本間に無粋に敷かれた絨毯の上のベッドで夜を過ごすのではないかという間抜けな想像がWを苛《さいな》んだ。

考えてみればあの家で夜何が起こっているのか、ほとんど知らないことにWは驚き、ひとり江東区の閑散とした倉庫で悶々とする羽目になった。夜の九時から朝七時までを倉庫で過ごすのは、苦痛だった。Wはほとんど眠れなくなった。

毎日電話をかけたが、彼女はいたりいなかったりした。いないと不安に駆られて何度もコールしてしまい、会いに行けない不自由さが不安に拍車をかけるし、経理担当者が愕然として深夜の電話使用を禁止する前のことで、倉庫の電話はかけ放題だったので、自分でも気がつくと番号を押していた。最初は遠慮気味にかけていた電話も、彼女が出ないとなると迷惑もへったくれもないだろうとしょっちゅうになり、たまに眠そうな声で出てくると平謝りに謝ることになった。それでもそうしてたまに声が聴けるので、つい電話に手が伸びる。

ずっとつながらなかった電話が、深夜になって通じたとき、Wは小さな悲鳴のような嘆息のようなものを聞いた。

「ねえ、どうした？　何かあったの？」

Wは灰色の受話器を握り直した。

電波を上手に拾わないラジオのように、妙な雑音が入ってきた。会話のようなものも聞こえたけれど、何を言っているのかわからなかった。

「ねえ、おい、なあ、返事しろよ。どうしたんだよ」

返事しろよ。

自分の声が耳元で妙なふうに響いた。誰に向かって「返事」を期待しているのだか、自分でもわからなかったからだ。

しばらくしてふいにわかった。電話の向こうでは、誰かが外国語で話していたのだ。男の声と女の声がして、喧嘩するように大きな声が聞こえて、それから誰かが、そう、たぶん女のほうの、啜《すす》り泣くような叫ぶような喜悦の音が混じった。

あるいはそうしたものを、電話の混線と呼ぶのかもしれないが、Wにはもはやそれが電話線の不調だとは思えなかった。大急ぎで倉庫の見回りをして普段と変わらないことを確かめると、事務所を出た。朝一番の社員が来るまであと二時間くらいだった。その間に大事件など起こるはずがないとWは思うことにした。

明け方いちばんの地下鉄に乗り、人もまばらな早朝の原宿に行った。大通りも路地も眠ったように静かだった。気が引けて呼び鈴を鳴らすこともできず、そのまま玄関に座りこんで彼女が出てくるのを待つか、あきらめて帰るかを思案しながら、ふと気まぐれに和館のほうを訪ねてみると雨戸が開いていて奥のほうから灯りが漏れていた。

気になって縁側から硝子戸に手をかけると、きちんと蠟《ろう》を塗ってすべりをよくした桟のおかげで、硝子戸はほとんど音も立てずにするりと開いた。

神経がたかぶっていて抑制をきかせることができず、Wはそのまま日本家屋に侵入した。廊下はひんやりしていて、あの白いペンキで妙なふうにリモデルした部屋には誰もいなかった。しかし、灯りはもっと北の奥から漏れてきた。

「ねえ、そこにいるの？」

Wは灯りを発している、奥の和室に近づいてそう声をかけた。

「いるわよ」

驚いたような怒ったような声が聞こえて襖がすっと開いた。

Wはあっけにとられた。

目の前には例の痩せた初老の女が立っていた。

「どうしてこんなところにいるんですか」

しばらく言葉を失った後で、ようやくWはそう言った。

「そんなの、こっちが聞きたいわね」

そう、女が言った。

「ここ、私のものだもの」

「持ち主は男の人じゃないんですか？　家族持ちの」

「いつの話をしているのよ」

「いつって、いつって、あなたこそ、いつの話をしてるんですか！」

「ここが占領軍の接収住宅だったのは、もう三十年以上前です」

「占領軍？」

「あなた、家の玄関に札の跡があったの、見なかった？」

見なかったのかと言われれば見たような気もしたが、女が何を言い出したのか、Wにはよくわからなかった。それよりも明け方の五時過ぎという妙な時間に誰かと出くわしたという現実感のなさが、なにもかもを非日常的に感じさせた。

Wは女に招かれるままにちゃぶ台の前に腰を下ろし、淹れてくれたほうじ茶を啜る羽目になった。

「だから言ったじゃない、幽霊だって」

「あの女の子にはその後会ってませんよ」

「いま話しているのはあの女の子のことじゃありませんよ」

「だって、幽霊だって言ったじゃないですか」

「ええ、だから、あの女の子と、あなたが会ってた女はおんなじだもの」

「どういう意味ですか」

「言ったでしょう。あのこはこの家の持ち主の遠い親戚で、疎開先で病気になってしまったんだって。死線をさまよったけれど、よっぽど執着があったんでしょう、生きることに。戦後になってから、ああいう姿で帰ってきたのよ」

「ああいう姿って」

「だから、大人になった姿でね」

「それは、おかしいでしょう。幽霊というのは、生きていたときの姿で戻ってくるわけでしょう。幽霊なのに成長しているなんていうのは、聞いたことがありません」

「私だって幽霊にそんなに詳しくはないですよ。だけど、あのこが子どものときに死んでしまったなんて、私は一言も言っていませんよ」

「だけど、疎開先で疫病だかなんだかになってって」

「そう。疫痢でね。あのこの母親は亡くなったけど、本人は生き残った。戦争が終わると疎開先を飛び出して、あの家が残っていると知って、帰ってきたの。しかも伝手《つて》をたどって、GHQの中尉さんの家になっていたところへハウスメイドとして入った」

「だって、そうなると年齢が合わないじゃないですか」

「誰の年齢がどう合わないのよ。あのこが疎開したのは十四の年だもの、三年もすれば十七になってる」

「じゃあ、彼女、僕より年下なのかな」

「バカね、何を言ってるのよ。ずっと年上でしょう」

ここでWはふいに笑いたくなって、一人でげらげら笑い出した。

この女の言葉を信じているわけでも、信じたいわけでもなかったが、まるで信じているように相槌を打っている自分がおかしかったし、何よりこんなところでそんな話をしているのがおかしかった。自分の頭はおかしくなってしまったのかもしれないと思った。

彼女が家に戻ってきたのは一九四七年の夏のことで、そのとき十七歳だった。

家の持ち主は、女中部屋を改装してしばらく一家で暮らしていたが、慣習の違う外国人が我が物顔で母屋を使う生活に耐えられなくなり、湘南に小さな家を見つけて移っていった。彼女はその遠戚を湘南に訪ねたりはせず、まっすぐこの家へやってきた。けっして親切ではなかった地方の親戚の家を飛び出した身としては、もう誰かの元に身を寄せる気にならなかったのだと、痩せた女は同情するような目をして言った。あのころ保護者を亡くした十五、六の娘は、誰だって一人で生きて行かなきゃならなかったもの、と。

接収住宅を管理している男に伝手を作り、ハウスメイドを募集していることをつきとめ、面接にこぎつけてこの家に入り込んだ。しばらくすると中尉の妻は不慣れな極東生活が嫌になって子どもを連れて本国へ帰ってしまい、いつのまにか彼女はその中尉の現地妻のようなものになった。あるいは彼女が原因で、中尉は妻と不仲になったのかもしれない。名前もノーラと変えてしまい、髪に強いウェーブをかけた。

ノーラがこの家で暮らしたのは一九五二年までの五年間で、彼女はその間に三回中絶をした。中尉が、子どもはごめんだ、産むなら別れると言うので、闇で堕胎を請け負う下町の医者を訪ねた。二回目までは何も言わずに手を下した医者も、さすがに三回目は母体が危険だとほのめかした。それでも産む気はないと言い張って三度目の手術を受けると、体を悪くして寝つくことになった。

ベッドから出られなくなった現地妻を置き去りにして、中尉は赴任地を変え、必然的にノーラも家を出なければならなくなった。公職を追放されて湘南で不遇をかこっていた遠い親戚は、名誉回復して原宿の家に戻り、化繊で一儲けして財を成したが、当主が早死にしたのと子どもたちが放蕩したのとがたたって、家屋敷は抵当に取られ、やがて取り壊しも決まって家のぐるりには立ち入り禁止のロープがめぐらされた。

「あなたが会っている女の人は、ノーラだと思うわよ」

真面目な顔をして、その初老の女は言った。

Wは何がなんだかわからなくなった。

もちろん、その女の話を信用する気にはなれなかった。考えてみれば気の毒なくらい瘦せ細り、妙な色合いの髪をしたこの女のほうが、よほど幽霊じみて見えた。

「気味が悪いのはあなたのほうですよ」

腹立ちまぎれにWは女に嚙みついた。

「なんですか、ノーラって。そんないい加減な話。だいたい、じゃあ、あなたは誰なんですか。この家の、その、もとの持ち主の子孫ですか、放蕩したとかっていう」

女は困って何か言いかけたが、

「信じたくなきゃ、信じなくたっていいけど」

と、投げやりにつぶやいてほうじ茶を啜った。

一晩寝ていないのと、わけのわからない話を聞かされたのとで朦朧《もうろう》とした頭で、Wはそのままアパートに帰った。もう一度、そこから電話をかけたがノリコは応答せず、あの奇妙な女も出てこなかった。

それから二週間ほど、彼女を訪ねることができなかったのは、個人的な事情による。父がとつぜん脳溢血で倒れたのだ。急に大分の生家に呼び戻されて、そのまま帰れなくなり、通夜と葬式を出す羽目になった。そんな中でも、毎日のように時間を見つけては彼女に電話をかけたが、一度も通じることはなかった。

最後にWがその場所を訪ねたのは、大学に休学届を出しに行った、四月の初めのことだった。都内のあちこちで桜が咲き、もう散り始めているころだった。あの家にも桜の木があって、固そうなつぼみをつけていたことを、Wは思い出した。

表参道を左に折れて、路地の奥へ行こうとすると、工事車両に行く手を阻まれて右や左に寄らなければ通れないようなことになっていた。そして家に近づいてみてWは愕然とした。あの薄汚れた灰色の万年塀がすでになく、南天や椿も、あの南国風の棕櫚の木も、庭に置かれた灯籠も鯉の泳いでいた池もないどころか、洋館と和館が渡り廊下でつながった建物すべてが消失していたのだった。

目の前にあったのは、更地だった。

「なにしてるんですか？　住んでた人はどこに行ったんですか？」

つかみかかりそうにして、作業着姿の若い男に詰め寄ったけれど、血の気が多いのか男のほうも胸をせり出すようにして睨みつけて来るばかりで、遠くのほうからまたべつの、少しきれいな作業着の男が駆けてきて、自分が責任者だが何かあったのか、と訊く。

「この家をどうしたんですか？　住んでた人はどこにいるんですか？」

「居住者はいなかったって聞いてます。僕らは不動産会社さんの依頼でやってますんで、なんか問題あるならそちらにお願いします」

慇懃《いんぎん》な口調で男は言った。あきらかに迷惑そうだった。

不動産会社に電話をすると、窓口の男性は案外丁寧で、そこはもうずいぶん前から国有地で、一九六〇年代に建てられた公務員宿舎が二年ほど前に廃止になり、土地が民間に売却されて新しいマンションになるというのだった。なにか、べつの場所の話をしているのではないかといぶかって、何度も住所を確認したが、そこに「木本」という家などない、勘違いではないですかと、気の毒そうな声を出された。かつてアルバイト先で手渡された地図の一角にどんな記載があったかも、Wには思い出せなかった。

代々木公園の桜は散り始めていて、その木々がまだ裸だったころからのひと月半ほどの時間を感じさせたが、結局その時間と場所と体験は、唐突に断ち切られるようにして消えてしまった。休学届を出した後大分に帰り、父のやっていた小さな工場を継ぐことになって大学はやめ、その後、東京にはほとんど行かなかった。あの家も、ノリコという女も、少女も、初老の女も、庭の棕櫚の木も、すべて夢の中のできごとのように思えるほどの歳月が流れてしまった。

あれからもう三十年が経つ。マーティ・マクフライがドクといっしょにデロリアンで訪ねた未来と同じ時代になってから、Wは、図書館で見つけた『東京都心部におけるGHQ接収住宅の研究』という一冊の本の中に、短い記述を見つけた。

「木本邸（原宿）　株式会社木本商店社長邸として一九二八年に竣工。GHQによる接収は一九四六年二月から一九五二年六月。敷地面積は六五三㎡、建築面積は二三七㎡。接収住宅としては比較的小規模なものであった。和館と洋館を渡り廊下でつないだ折衷住宅。現存せず。写真無」。

読みながらうっかり、脇に抱えていた仕事のファイルを床に落とした。司書の女性が音に反応して目を上げる。ファイルを拾おうとして座りこんだまま立ち上がることができないでいると、どうかしましたかと心配そうに小柄な司書の女性が近づいた。

＊

「ノリコという女と小さな女の子が幽霊だったとして」

その場に集まっていた同世代のうちの一人が口を開いた。

「その初老の女は何者なんでしょう？」

「その女も、古い家に住み着いた幽霊の一人なんだろう。もとの持ち主の娘かなんかで。ねえ、Wさん、そういう話でしょう」

「そうかもしれませんが、三十年経って僕は、あの人はノリコだったんだろうと思っています」

と、Wは言った。

「僕は十歳のノリコと二十かそこらのノリコと、五十代半ばくらいのノリコに会ったんじゃないだろうか。あの初老の女性は一九八五年に五十代だったノリコ本人で、僕がほんとうの意味で会ったのは彼女だけだった。僕は、どうしてだか、五十代のノリコの頭の中に入ってしまったのではないかと思います」

木本邸が一九二八年に建てられた事実はあったとしても、六〇年代に取り壊されて公務員宿舎が建っていたのだとすれば、一九八五年に原宿の地にその姿を留めてはいなかったはずだ、とWは言った。もし建物がそのときに現存していたなら、そこに幽霊が出てきたという話になるけれど、そうでないならば自分はどこに通い詰めていたのかわからない。誰かの夢の中か、日常の中にぱっくり口を開けているパラレルワールドにでも行ってきたことになる。

「僕の中で唯一、整合性のある説明は、五十代のノリコが、原宿のあの土地にまたブルドーザーが入ると聞いて訪れた。その彼女の思い出に共鳴を起こして、僕はあの女性の記憶の風景をいっしょに見ることになったんだと思います」

そんなことがあるのかどうか、わかりませんけどね。幽霊を見たことがあるというのと、どちらが信じられる話でしょう。Wは、そう言うと手元のグラスに入ったウィスキーを揺らして、何か思い出すような目をした。

その場にいた私たちはみな、Wの記憶の中に入ることになった。

第二話　ミシンの履歴

大通り沿いの古道具屋のウインドウに、そのミシンが現れたのは夏のことだった。秋が来て、街路樹の銀杏《いちょう》が葉を黄色に染め、実が酪酸《らくさん》の強いにおいを振りまき、やがてすっかり枯れ落ちて掃き清められてしまっても、ミシンはそこにあった。

通勤の行きかえりに、優佳《ゆうか》はミシンを眺めた。ところどころ傷んではいるけれども、丁寧にニスを塗った台の上に、黒い、柔らかいラインのヘッドが載っていて、金文字で「SINGER」と書かれており、花を描いたのだろうか、緑や赤や黄色の彩色がなされていた。台の下に伸びた鉄製の脚も装飾がほどこされていて、美しいフォルムは見るものを魅了した。

何度も足を止めて見ていたせいか、ある日、主《あるじ》らしき初老の男が店の外に出てきて話しかけてきた。

「これはね。一九二三年、アメリカ製。シンガー66というモデルですよ。こういう色の入ったのは珍しいね。とくにこの赤ね」

店主はアルファベットの両脇に描かれた、アーモンドのような形の赤い絵を指さす。

「なんだかさ、目みたいでしょう。だからこれはね、レッドアイと呼ばれてる。なかなかうちなんかに入ってこないものだよ。たまたま、アメリカに行ったときに田舎の街でやってたエステートセールで見つけたんだ。ラッキーだったよ」

「エステートセール？」

「持ち主が亡くなると、家具ごと家が売りに出ることがあってね。古い食器やらインテリアやらが、驚くほど安く手に入ることがある。持ち主のセンスや、物の手入れがよかったりすると、品も状態もいいものが出てくるんだよ」

優佳は相槌を打ちながら、もう一度ミシンを眺めた。使っていた人がいたというのが、当たり前ではあるけれども小さな驚きだった。

「気に入ったなら、値段は考えますよ」

店主は人好きのする笑みを浮かべたが、

「かっこいいけど、置くところがありませんよ」

正直に優佳は伝えて、おどけたように笑いを返した。

「ミシンは欲しいの？」

店の主がたずねる。

ミシンが欲しいのかどうか、考えたことがなかったのに優佳は気づいた。

「とくに、ミシンが欲しいってわけでは」

「じゃ、装飾？　インテリアとして？」

だったら、と続けて店主は、暇なのかドアを開けて手招きをする。

店主はさほど強引な印象には見えなかった。客も来ないので、手持無沙汰にあかして招き入れたようだった。店内には硝子《ガラス》製の電灯の笠や、火鉢、壁掛け時計、印判や伊万里の皿、蛇腹式の写真機、蓄音機といった類の古道具がランダムに並んでいた。古びてはいるけれども、きちんと埃が払われて、磨くべきものは磨かれていた。

優佳が中に入ると、店主は店の真ん中に置いてあるストーブに火を点けた。丸いグレーのボディにレースのような飾り穴のあるもので、橙色の炎がゆらめきはじめた。

「これも古いんですか？」

どこか自慢げな店主が聞いてほしそうだったので、優佳はたずねてみた。

「製造は、そうね、表のミシンといっしょくらい。一九二〇年代くらいかな。アメリカのね、パーフェクションというメーカーのストーブで、これはこう、鉄製の筒だけども、火の見えるところ全体が硝子の筒になってるのもあってね。好きな人は好きなんだ。人気商品です。そうそう、こちらに」

　そう言って店主は優佳を誘導し、アンティークのティーカップの並ぶテーブルに近づいて行った。ソルト&ペッパー入れや灰皿、カトラリーなども置かれたそのテーブルを、店主はコンコンと叩いてみせる。

「これね。ミシン台。オーク材です。それでまた、脚がいいでしょう。いまどきの人は重たいミシンはいらないけど、このデザインがいいと言うんだよ。だからね、ミシンへッドは取っ払ってしまって、こうして台だけインテリアとして使う人も多いです。リビングの隅に置いて、コーヒーテーブルとして使ってもいいし、若い人なんか、平気でこれ、ダイニングテーブルにしちゃったりするからねえ。案外、本なんかを並べても様になる。その場合は、こういうのを」

　店主は傍らにあった真鍮製のアイロンを取り上げる。

「ブックエンドの代わりにする人もいるね。ちょっと、やりすぎって気がしないでもないけども」

　テーブルになったミシン台と、ブックエンドになったアイロンは、本来の目的とは違った、装飾的な用途を得て、現代にも生きているのだった。

「もし、骨董品のミシンが欲しいけど、置き場に困るというんだったらねえ」

　店主は、優佳を帰したくなかったのか、次から次へと話しかけてくる。

「こっちに、こういうのも、ある」

こういうの、と言って静かに撫でて見せたのは、取っ手のついた蒲鉾《かまぼこ》形をした木箱だった。脇のフックを開くと、中から黒いヘッドに金で装飾を施したミシンが出てきた。こちらにも「SINGER」と書いてあった。

「シンガー」

優佳は意識するともなしに、声を出してそれを読んだ。

「やっぱり、シンガーは多いですよ。世界制覇したメーカーだからね。ミシンのスタンダードを作ったところだからさ」

店主は、まるで自分がそのメーカーを作ったかのように自慢げに、無精ひげの目立つ顎《あご》に手をやった。

「それでもってこれはね。『シンガーVS3』というモデルなんですよ。表にあったのよりも古いんだ。十九世紀の終わりごろにイギリスで作られたものですね。こういう木の枝や葉っぱやエンブレムみたいなのは、ヴィクトリア模様って言います」

店主はいとおしそうにその金色の模様を指で撫で、

「一台、一台に、物語があるからね、ミシンは」

と、付け加えた。

その言葉を聞き流しながら、優佳は店の奥に入っていった。店に入ったことはなかったのに、置かれたものたちにはそれぞれ、懐かしい雰囲気があって、初めて見たような気がしなかった。

　とうとう奥の行き止まりまで行ってしまい、そこにはまだ商品として店に並べていないものが入っているらしい箱がいくつも積んであったが、それら無造作に積まれた箱の上に載せられていた、もう一台のミシンに目を留めた。

「これは、シンガーじゃないんですね」

「どれ？」

　店主は狭い店内をかき分けるようにして優佳に近づいてくると、彼女の視線の先を見て、

「これは、そうだねえ。シンガーじゃないね」

　そう言って、困ったように眉を下げ、

「こうなっちゃうと、なんだかよくわかんないんだよね」

　と、笑った。

「わかんない？」

「ああ。ペンキがね、後から塗ってあるんだ。もともとの色や模様が隠れちゃってる。ハンドルも後付けで、どこの規格だかわかんない。おそらくこれだろう、と思われるのは、国産メーカーのパインって、いまの蛇の目ミシンだね。あそこが昭和の初めに作っ

た一〇〇種三〇型っていう足踏みミシンなんだけども」

「だけどこれ、足踏みミシンじゃないですね」

「うん。もう、こうなっちゃうと、何がなんだかね」

店主は目を細めた。

「これ、売り物なんですか？」

優佳は、傷んだボディにそっと触れてみる。

「どうよ。売り物だって言われて、あなた、買うかね」

それはインテリアとして映えるような代物では金輪際なかった。おそらくは、ガラクタ、という呼び名が適当だったが、戯れにも買おうという人はなさそうな、比較的場所を取る物体だった。

「どうしてここに？」

「遺品整理をやっている若い連中がいてね。持ってきて置いていったんだ」

「遺品整理？」

「ああ。人は死んでも、物は遺るからね」

優佳は振り返って、もう一度、店を見回した。なるほど、これらの骨董品は、みな持ち主をとうに亡くしているのかもしれなかった。

優佳は、再び、ミシンに目を落とした。

「使えるんですか？」

「使えないんだよ」

「ですよねえ」

「いや、それがね。見た目よりも中身はきれいなんだよね。少なくとも、大事にしてたってことはわかるんだ。だから、使おうと思えば使えそうに見えるんだよ。だけど、心臓がないんだ」

「心臓？」

優佳は店主を見上げたが、からかうようでもなく、無精ひげのおやじは何か考えるようにしばらく押し黙り、それからようやく答えた。

「うん。だから動かないんだ」

＊

一〇〇・三〇が生まれ育ったのは、北多摩の小金井村だが、もうじゅうぶん、一人でもやっていけるとお墨付きをもらうと、すぐに同じ敷地内にあった洋裁学校に送られた。

そのころの小金井といえば、ただ武蔵野の楢《なら》や樺《かば》の林が、上水の蕭々《しょうしょう》とした流れを懐に抱きながら茫漠と広がっているような場所だったのに、土地が広いというのは便利なもので、場所を取る建物を造るのに選ばれたのは必然だったのだろう。野は切り拓かれて、工場や学校になった。そこで働く人間たちも、にわかに延び出した私鉄沿線に、小さな構えの家を建てるようになっていった、そんな時代だった。

同じころに生まれたものたちの中には、品のいい家庭に入って仕事をすることになったのもあったが、洋裁学校行きは珍しいことではなかった。なにしろ、そのころは女の手に職といっても、ほかに適当な話もなかったし、日本全国各地に洋裁学校が立ち上がっていったころでもあった。働き口を求めてきた子女もいれば、花嫁修業にと通ってくるお嬢さんたちもあった。

あのころ、教室にずらりと並んで、朝の九時から午後の三時まで、糸のかけ方やら、ペダルの踏み加減やら、縫い代の始末やら、生地ごとの扱いの違いやらを学んでいる女たちの目が、欲望に活き活きと輝いていたことは知られておくべきことかもしれない。

「貴女！　今年の決心は――女手でウンと……儲けて！　お好きなものをドン〳〵お買ひになる事です！」

と、帝国ミシン株式会社が大々的に広告を出したのは昭和十一年のことだった。

「近代女性とは！　萬一の場合に立派に自活できる人」

「趣味で儲かる洋裁と手藝！」

畳みかけるような宣伝文句が、都市部から郊外の住宅地へ広がりつつあった市民生活をこころゆくまで享受したいと願う女たちの心に鮮やかに火を点けたのは言うまでもない。だいいち、自宅に自分だけが扱える機械を持ち、大きなソーイングマシンを自在に操るという、ただそれだけの欲望にだって、抗うのは難しかっただろう。家庭内にあっては、ミシンは完全に女の所有物だった。男たちはこの大きな機械を前にして、お手上げだった。母や娘だけが扱える鉄製の什器《じゅうき》。それを置きさえすれば、半畳は必要なその空間が、丸ごと女のものになる。

奇妙なことに、生産者兼消費者になることへの女たちの純粋な欲望を、後押ししたのは戦争だった。大陸で火の手が上がると、

「あなたには銃剣を、わたしにはミシンを」

という標語が、女たちの目を射抜いた。

そうか、ミシンは銃後で戦争を支える者たちにとって、節約と生産、そして国家への奉仕のための武器となるのだわ、と女たちは学んだ。

さらに、戦時期に高々と謳われた人口政策スローガン「産めよ殖やせよ国のため」をもじった、

「踏めよ　殖やせよ　ミシンで貯金」

というキャッチコピーも、彼女たちの胸に突き刺さった。

国を挙げて国債を買うことを奨励していた時代、どれだけミシンでの稼ぎが純粋な貯金に回ったのかは、正直、不明である。実際には、洋裁学校の生徒には戦争寡婦もいた

し、夫のいない留守を預かる家長代理として、子どもの服を縫いたい、できれば家ででできるミシンの内職をしたいと、真剣に考えている女たちも多かった。

ともかく、国は節約を奨励し、かつ、軍人のための軍服や背嚢《はいのう》といった需要もあったから、洋裁技術は戦時を通して重宝され、女たちはせっせと洋裁学校に通いつめて技術を学んでいったのだった。

小金井時代に出くわした事件でもっとも強烈なものといえば、まだ戦況がそんなに逼《ひっ》迫《ぱく》していなかったころに、専攻科の卒業制作で縫ったパーティードレスのことになる。

教室では一台一台に番号札がついていて、整然と並んでいるのではあるが、やはり縫い目の美しいもの、するすると針の滑るように縫製を進めることができるものと、どうしても扱いにくいものとがあるのであって、十七番の台といえば、そのころの生徒たちには、できれば座りたい人気の台だった。誰が何番の台というのは、教師が決めた。だから、この教師に気に入られて、なんとかして十七番の台に座りたいというような、隠微で熾烈な女同士の戦いがそこにはあった。

あのころ十七番の台の常連だったのは、糸川嬢という、おとなしくてきれいな商家のお嬢さんだった。手際がよくて、仕事が丁寧で、誰からも好かれる、色白の女の子だったが、あるとき彼女に不運が持ち上がった。もう、卒業制作も最後の最後、襟や袖や裾に白いチュールの飾りをつけようというときになって、事件は起こったのだった。

意思を持って動いたり、何者かの作為を制したりすることのできない器具にとっては、ああしたことには為すすべもない。

あの日の前日、生徒たちがみな下校した後になって、一人の女生徒が薄暗い教室に潜入してきた。暦は春でもまだ寒い三月のことだった。

彼女は矢絣《やがすり》の小袖の上にかけたメリヤスのえり巻きで顔を半分隠し、そわそわと周囲を見回して誰もいないことを確認すると、まっすぐに十七番の台に近づいてきて、きれいにしまわれていたヘッドを引き出し、針板を外し、釜の中のボビンケースを引き抜いたのだった。そして顔を隠して何事もなかったように針板を閉め、盗んだボビンケースを袂《たもと》に入れると今度は両の袂で顔を覆いながら教室を出て行った。それは顔を隠すためというより、思わずこぼれ出る笑いを隠すためだったのかもしれない。女生徒はつま先を滑らせるようにして行ってしまった。

翌日、授業の時間になると、いつものように糸川嬢が十七番の台に座った。糸川嬢はミシンのヘッドを立てると、引き出しから糸を出してセットした。針板を外してボビンの釜に手をやろうとして、異変に気付いて青ざめた。不安げな表情で、ミシンの引き出しを開け、眉間にうっすらと皺を寄せながら細い白い指でその中をまさぐり、それから周囲の床を見回した。

「あら、どうなさったの？」

隣に座った女生徒が声をかけると、糸川嬢はさっと頬に血を上らせ、きつく唇を嚙《か》んだ。女教師が現れて、いつものように起立、礼、の号令がかかり、

「それではみなさま、今日は卒業制作の仕上げに取り掛かりましょう」

と、その女教師が言った途端に、糸川嬢はばったりとミシン台に上半身を投げだしてシクシク泣き始めた。同級生や女教師の「どうなさったの？」の声が重なった。

なぜ、あのときあんなことになったのだろう。あれはわざとだったのか、それとも隠し事などできるものではないという証拠のようなものなのか、後ろの席でかつんと小さな音がして、人々が一斉にそちらを見ると、昨日の夕方にこっそりボビンケースを抜き取っていった女生徒が、こちらも蒼白な表情でぽっかりと口を開けた。ボビンケースは不器用に板床を撥ねて跳び、ぐらぐらと揺れながら教室の隅にとどまった。人々の視線は、みな静かにボビンケースを追いかけた。

異様な空気が流れたのをいぶかって糸川嬢が顔を上げ、後ろを振り返った。

みんながあっけに取られたのはそのあとのことで、ついさきほどまでうつ伏せになって泣いていた糸川嬢が、濡れて赤くなった頬の涙をぬぐおうともせずに立ち上がると、猛然と後ろの席へ駆け寄り、ぶんと腕を振りあげ、振り下ろした。

ばんっという音がして、泥棒の女生徒は両手で頬を押さえた。ふだんおとなしくしと

やかだった糸川嬢は、同級生を平手打ちしたのみならず、十七番のミシンに駆け戻ってその引き出しを開けると裁ち鋏を取り出し、もう一度後ろの席に向かうや、そのミシン台に置かれていた卒業制作のドレスを取り上げ、ざっくりと鋏を入れたのである。教室中を女生徒らの悲鳴がつんざき、女教師はわめき、小使いさんが学校長を呼びに走った。

最終的には、泥棒娘の卒業ドレスは十七番の台と糸川嬢によって縫い直されて、不思議なところに切り返しのある個性的なデザインに仕上がった。糸川嬢は自分のドレスの襟と袖と裾に素敵なチュールの飾りを入れたが、それは教室ではなく、家での作業となったらしい。糸川嬢と泥棒娘は密かに手紙を交わしあう仲で、ボビンケース騒ぎは痴話喧嘩の一種であったことが、のちのふたりの親密ぶりによって明かされたが、何をきっかけにボビンケースが盗み出され、なにゆえにあの騒動になったのか、結局わからずじまいだった。そのようなことはまったく、十七番の台であった一〇〇・三〇の知るところではない。

ただ、卒業式の日、武蔵野の校舎の一角に特別にしつらえられた謝恩会場に、ディスプレイとして置かれた一〇〇・三〇の間近では、自作のパーティードレスで着飾った女生徒たちが、いつまでもいつまでもたわいのないおしゃべりに興じ、糸川嬢とあの女生徒が手を取りあって、名残惜しそうに見つめあっていたのだった。その時間が永遠であれと思っているかのように。

そして、卒業制作の白いドレスは、のちにずいぶん長い間、一〇〇・三〇が縫い上げたものの中でいちばん美しい服でもあり続けた。というのも、そこから先は、美しさとは完全に無縁の、機能性ばかりを重視した無味乾燥な縫物の時代が続くからである。

しばらくして一〇〇・三〇は、洋裁学校から大日本婦人会による授産所へ払い下げられた。

一家の主が戦死したり、戦災で家財産を失ったりした女たちが、無料で洋裁を学べる場所だった。女たちがやってきて、裁縫技術を習得するという意味では、武蔵野の洋裁学校と似たようなものだったが、滝野川の授産所で作るのがひらひらとチュールの縫い取られたパーティードレスでなかったのは言うまでもない。

授産所は学校であるとともに、大量生産の現場でもあった。だから、きれいなものを縫うとか、デザインをどうするというような話は一切なくなって、国民服のズボンならズボン、上着なら上着、軍服、背嚢、制帽など、発注を受けたものを納期までにすごい勢いで縫うのが日課になった。作業している女たちも、もんぺの活動衣で、憲兵の監督官が見回る中、真一文字に口を結んで、ただひたすらミシンを踏むのだった。

授産所に響いているのは、女教師の説明の声以外は、ゴトトン、ゴトトン、ゴトトンとリズムを刻む機械音ばかりで、あとは針を止めて糸を切るときのぷつんという音や、布の擦れる音がたまに交じるのがせいぜいだった。

通っている女たちは、真剣極まりない人々だから、例の洋裁学校の卒業制作のような突飛な話はないけれども、託児所を併設した授産所だったから、昼の休み時間に我が子を抱き上げて、出ない乳を含ませている若い母親の姿もあった。

三カ月の講習期間を終えたら自宅で内職を始める者も多かったが、仕事はあってもミシンを買うのが一苦労だった。生産台数も減っていたし、新規の台は軍需工場へ回ることが多かったし、すでに嫁入り道具として手に入れているという者はよかったが、空襲で着のみ着のまま焼け出されたような人たちには、機械を手に入れるのは難しい。そういう場合は授産所のミシンを借りることができた。女たちは、朝八時半から午後の四時半まで、ともかく山ほどの縫物をこなしては、お国のために奉仕した。

そんな中、一人の未亡人が、とうとう一〇〇・三〇を自分のものにした。

滝野川区は工場がたくさんあったために空襲も度重なり、被災者が多かったのと、疎開が奨励されたのとで、ずいぶん人が少なくなってきてしまって、こんなことなら危険が大きいので授産所の土地も更地にするというお達しが出て、備え付けのミシンは軍需工場へ働きに出されたり、腕の立つ女たちに貸し出されたりして、散りぢりになった。

一〇〇・三〇は、芳田カメという名前の未亡人の家に借りられていった。

芳田カメは、年を取ってボケかけた舅《しゅうと》と、まだ小学生の男児二人といっしょに、赤羽の借家で暮らしていた。夫は出征していて、年寄りと子どもを抱えたカメは、どうにかして一家を食べさせていかなければならなかった。軍需工場の下請け仕事はもとより、隣組のつくろいものなど、針仕事なら何でも請け、ミシンも朝から夜まで使い倒した。子どもの使わなくなったおしめに、ぼろの端切れをなんでもかんでも縫い付けて、雑巾にしたり、座布団にしたりするのが、カメは得意だった。布ならそれがぼろかろうが小さかろうがおかまいなしに、血眼になって溜めておいて、一つの例外もなしに何かに仕立てるカメの執念はすさまじいものがあった。

文字通り、ちりも積もればの要領で、足の親指くらいの端切れすらつないで、布団まで縫い上げた。足袋だとか、古いメリヤスで作る子どもの靴下とか、古い帯心《おびしん》で作るもんぺだとか。一〇〇・三〇にしてみれば、白い正絹のドレスを縫い上げた日々は、なんとも遥かな過去に遠のいていった。ただ、あまりに一〇〇・三〇を酷使したためと、芳田カメが極端に吝嗇《けち》であったため、針の状態は非常に悪くなっていたが、カメはそのことにあまり関心を払わず、一〇〇・三〇の作る縫い目は日ごとに荒れていった。昭和二十年の春ごろには、一〇〇・三〇に十七番の台の誇りのようなものは、かけらも残っていなかった。

そして、あの運命の日がやってくる。

それはその年の四月十四日未明のことだった。前日の九時ごろには警報が発令されていて、カメはぐずる舅を担ぐようにして二人の子どもといっしょに防空壕に避難した。そのときカメが水に浸した布団の一枚でも一〇〇・三〇にかけていれば、あのような苛酷な運命に晒されることもなかったかもしれない。ともかく、カメがその後、助けに現れなかったことからして、彼女はあの未明の空襲で亡くなったか、あるいは大怪我をしてどこかへ連れていかれてしまったかのどちらかなのだろう。いずれにしても、二度とミシンと借主が出会うことはなかった。

ドーン、という爆音が響き、一瞬ののちにバラバラと焼夷弾がそこかしこに降ってきた。一〇〇・三〇は狭い借家の、縁側と呼ぶにはひどく幅の狭い西向きの廊下の隅に置き去りにされていたが、落ちた焼夷弾の一つがカメの溜めていたぼろ布の端に火を点けて、めらめらと燃え上がり始めた。悪いことに、カメが縫いかけの端切れを針に通したままぶら下げていて、足元のぼろに点いた火はちょろちょろと風にあおられて端切れの端を舐《な》めだした。

鉄製の脚に関しては、そんな弱い火でどうこうなるものではなかったが、台の部分まで火が上ってくると、無傷ではいられなかった。引き出しのあたりから左側の台にかけて、じりじりと焦げ目が作られていくのを耐えるほかなかった。しかし、それだけのことなら、ヘッドに遮られてうまく火が消えてしまうこともなくはなかっただろう。一〇〇・三〇にとって不幸だったのは、隣の家がまともに燃え始めて、それがカメの借家にも延焼し、気がつくとそこらの建物全体が火だるまになっていたことだった。火炎竜巻が家に迫ってきて、突然の熱風に一〇〇・三〇は吹き飛ばされた。どっしりと構えて動かないことを運命づけられた機械にとって、それは存在理由を失いかねないような衝撃だった。火の中で、一〇〇・三〇は形状をかなり損なわれた形で地にめり込んだ。針はとっくに折れてしまっていたし、よもやミシンとしては、この先命をつなぐことはあるまいというほどの災禍だった。

結局のところ、火事は一帯の全焼によって終息を見た。

一〇〇・三〇の体の木製部分の多くが炭と化した。しかし、そんなことよりも、もはやミシンと呼ぶのがはばかられるような歪んだ風体であることが問題だった。一〇〇・三〇は横倒しに倒され、ヘッドの部分をのけぞらせるようにして地中に埋まっていた。そんな恰好になったことは、かつてなかった。そこらじゅう煙が立ち込めて、やけぼっくいだけが目につく灰色の街で、所在なく、瓦礫の一部となり果てるしかなかった。

一〇〇・三〇はこの奇妙な姿勢で地中に半分埋め込まれて数日を過ごした。鉄というものの性質上、土に還ることはないけれども、最終的には岩のような、石のような、自然の風景の一変形に収まるかと思われた一〇〇・三〇の運命は、しかし、またしても慄《おのの》きを覚えるような事件に巻き込まれることになる。

早朝であった。男が一人、片足を引きずって歩いてきた。その男は焼け跡で何かを物色しているらしく、背負った籠に焼け残りの缶カラなどを放り込んでは、ぶつぶつと独り言をつぶやいていたのだった。瓦礫に埋もれた一〇〇・三〇を見出した瞬間、男の目はきらりと輝きを放った。そして、背中から何やら斧のようなものを取り出すと、それを渾身の力を込めて振り下ろしたのである。

一〇〇・三〇に叫ぶ能力が与えられていたなら、せいいっぱい叫んだだろう。しかしもちろん、機械にそんな機能は与えられていないので、静寂のうちに、すべての悪行はなされた。

俗にドンガラと呼ばれる一〇〇・三〇の胴体は、男に奪い取られた。男は籠に入れたりはせず、そのむさくるしい手で抱きかかえたまま、焼け跡を走り出した。あの美しい木の台も、西洋の芸術を思わせる見事な脚も、足踏みミシンの命ともいうべきペダルもなくして、ドンガラだけになってしまったからには、おそらくどこかへ連れ去られて燃え盛る炉にでも放り込まれ、業火に煮溶かされてどろどろと赤い色をした鉄となり、なにがしかの武器に形状を変えられて、異国の地で果てることになるのが、鉄の塊の末路と予見された。

ところが不思議なことに、そうはならなかったのである。

男は何度か、一〇〇・三〇を担いで汽車に乗った。そうして田舎の農家へ行って、豆や芋なりと交換しようとした。かなりよい条件で、交換の対象になるであろうと男が踏んだドンガラの価値は、しかし残念ながらそれほどでもなかったのだ。一〇〇・三〇は重たくて、傷を負っていた。針が折れたばかりでなく、針板も釜も紛失していた。下糸巻き機のバネは切れて、内部に砂だの炭だのが入り込んでいた。ようするに、専門的な修理が必要だったのだが、それができる人間が誰もいなかったのだ。ミシンなら高く引き取ってもらえるというあてが外れて、男は一〇〇・三〇を邪険にした。男の住まいからして、あまりまともな建物ではなく、置き場所に困ったものと思われる。

何を思ったか、男は軒下に穴を掘り出した。人の寝ている夜更けになってスコップでせっせと掘り下げたところをみると、あらかじめ隠そうという意思があってのことだろう。軒下に口を開ける深い、暗い穴は、脚を失い、台を失ったことを差し引いて考えたとしても、ミシンの陥る場所では断じてないような暗闇だった。

男は一〇〇・三〇を持ち上げると、穴の中に無造作に突き落とした。しかし、やはり少し気が咎《とが》めたとみえて、いったん、泥のついたものを引きあげると、少しだけ手拭いで土を拭い、なにか探しに行った。そして、古い新聞紙を取ってきて、それでくるくる巻いて包んで、もう一度、穴に落とした。

ざっざっと上から土をかけた。つまりはこうして、一〇〇・三〇は生きながら埋められたのである。

闇から光の世界へ再登場するまでには、またしばらくの時を要した。

掘り出したのは別の男だった。

それが何者なのか、前の男とどういう関係なのかは知る由もない。次に起こった事実をたどれば、一〇〇・三〇は、人が蠢《うごめ》く市場に連れていかれて、ありとあらゆるガラクタとともに晒されたのだった。

一〇〇・三〇の再出現した世界では、戦争が終わっていた。人々はみな、戦争が終わってなければ口にしないようなことを口にしていた。男の数が増えていた。ゲートルを巻いた無精ひげの男たちが復員兵、動物のようにはしっこいのが浮浪児だった。女たちも、ひっつめにしていた髪を下ろしたり、美しく編み上げたりしていた。それらがみな、息のつまるような狭苦しい空間にひしめいていた。通りには、GHQのジープが、大きな音をさせて往来した。

「ねえ、あたし、これをもらうわ」

そう言って一〇〇・三〇を指さした女は、ララ物資と思われるサイズの合わない洋式のジャケットの下に穿《は》き古したもんぺという姿だったが、肩までの髪にはゆるいウェーブがかかっていて、うっすらと唇には紅を引き、どことなく垢抜けたところがあった。

女は闇市の男とさんざん駆け引きをした末に、悔しそうにポケットから札を引き出して男に支払った。その代わりに、重たいそのブツを男にリヤカーで家まで運ばせた。

女の家は谷中《やなか》にあった。東京のど真ん中にあって戦災に遭わなかった地区には長屋が密集していた。女は寡婦だったが、土間の奥に四畳半のある家に、男二人と暮らしていた。昼はそこで袋貼りの内職をして、夜は知り合いのやっている食堂で給仕をしているのだった。そして、同胞援護会主催の洋裁学校が、未亡人向けに講座を開いていて、そこを修了した者には仕事もあるらしいと聞きつけて、戦争中に手放してしまったミシンさえあれば、もっと割のいい仕事にありつけるのにと思っていたらしい。

男の一人は新宿で額縁ショーの美術係をしており、もう一人の男は復員兵だったが、仕事らしい仕事はしていなかった。女はこの男にミシンを直せと命令した。

「あんた、大学の工学部を出たって言ってたじゃない。使えるようにしてよ」

そう言われて、復員兵は困惑したが、これさえ使えれば一家の収入が劇的に増えるのだと説き伏せられて、その気になったものらしい。それから昼間になると男は家を出て、なにやら探し回り、どこから調達したのか古いミシンの説明書や、外国語の本なども持ち込んで、しばらく腕組みをしてそれらを読んでいた。そしてまたむっくりと起き上がって出かけると、上野や浅草でガラクタにしか見えないミシン部品を手に入れてきた。

男はついに一〇〇・三〇に手をかけた。まずは、焦げた上に痛々しく切り離されたミシン台の名残りの、斧で折り切られた板部分を、きちんとドライバーを使って取り外した。それから、女が悲鳴を上げるのもかまわずドンガラを解体した。ぞんざいな扱いを受けてきたせいで溜まっていた埃を、まずは、ぼろ布を使って丁寧に払った。それから男は自転車用の潤滑油と紙鑢《かみやすり》で、部品一つ一つについてしまった錆を落とした。糸巻棒と失われた針板の一部は、男によって木の板で補強された。微妙に規格の違う内外釜、ボビンとボビンケースにも、丁寧に鑢がかけられた。

男は一〇〇・三〇を組み立てなおした。安定して立つようにと、木製の台座を作り、その上に載せてネジで固定した。ミシンヘッドの右横にあり、針棒を上下させるために回す、プーリーと呼ばれる丸い部位には、かき氷機についているようなハンドルを取り付けた。ヘッド本体は黒い塗装で、ところどころ剝げてきていたが、新しくついたハンドルは薄い緑色がかった銀色をしていた。

ずいぶん長いこと、糸巻棒に載ることのなかった上糸が載った。釜の中のボビンが回って下糸を巻き取った。男は腰にぶら下げていた手拭いを外し、押さえを上げてその手拭いを噛ませた。男は静かに押さえピンを下ろして手拭いを固定し、ふぅーっと息を吐いてから、ハンドルを回した。ゴトン、と嫌な音がして、針が進まなくなった。男は外国語の解説書と首っ引きで不具合の原因を探り、もう一度解体して、もう一度組み立てた。そんなことを何回か繰り返した。一〇〇・三〇はこうして蘇生したのだった。

女のほうは、ミシンが手に入ると同時に、未亡人向けの洋裁学校に通い始めた。娘時代に少し習ったこともあったし、もともと洋服好きだったこともあって上達した。一〇〇・三〇が手回しミシンとして奇跡の復活を遂げると、まだ洋裁学校の課程を修了していなかったが、間髪を入れずに近所の注文を取って歩いた。それに伴って、好きではなかったらしい食堂の仕事を辞めた。

何年振りかで、一〇〇・三〇はスカートを縫った。かつて少女たちが競って座りたがった十七番の台の、その美しい縫い目にはほど遠かったが、ごつごつした生真面目な直線で、スカート、ワンピース、ワイシャツ、子ども服、ズボン、男物のスーツ、冬のオーバーまで、頼まれればなんでも縫った。子ども服の尻と膝に当て布をし、男物のすぐ擦り切れるワイシャツの袖や襟をつけかえた。タフタ、ツイル、サテン、ベロア、ウール、化繊も縫った。革も縫った。色の美しいもの、模様のあるものも縫った。

女の生活は少しずつ豊かになった。髪を整え、自分のために美しい服を縫った。女は二人いるうちの、ショーの美術係と関係を持った。もともとは復員兵とも持っていたのだが、無口で辛気臭い復員兵よりも、ショーの美術係のほうが好きになって、女は美術係と一〇〇・三〇を連れて出て行った。

一度だけ、新宿近くの女のアパートに復員兵が現れたことがあった。腰に巻きつけた大工道具入れから鑿《のみ》のようなものを持ち出して構え、戻って来いと女を脅した。女は戻らないと言い張ったが、土足で乗り込んだ復員兵は、部屋の隅の文机《ふづくえ》の上にあった一〇〇・三〇を見つけると駆け寄って腰を落とし、ヘッドをつかんだ。

「ちょっと、なにすんのよ！」

女は色をなしてわめいた。

「使えるようにしたのは俺だ。これは俺がもらっていく」

「何言ってんのよ。あんたなんか、ミシン持ってたってなんにもできないじゃないよ」

「余計なお世話だ。俺は、この機械のことなら、隅から隅までわかってんだ」

「やめてよ。振られたからって、そんな嫌がらせすることないじゃない」

女が文机ににじり寄り、二人はしばし、一〇〇・三〇を挟んで揉みあう形になった。いつのまにか、女が台を、男がヘッドをつかんで引きあい始めた。

「放してよ」

「そっちこそ放せ」

「あんた、金に困ってんでしょ。いくらほしいのよ」

「バカヤロウ。金の問題じゃない！」

渾身の力を込めて引っ張りあっていた二人だったが、ふと男のほうが一〇〇・三〇に目を止めて、我に返ったように手を放した。女は勢いで仰向けになり、重たいミシンを腹に抱え込んで顔を顰《しか》めた。

「痛いっ。危ないじゃないの！」

なぜ、男のほうが先に手を放したのかは不明だが、女が文机に一〇〇・三〇を返し、二人が荒い息を落ち着かせた後で、男のほうはもう一度近づいて、腰からドライバーを出した。女は、

「触らないで」

と悲鳴を上げたが、男がしたのは、揉みあって緩んだ台座のネジを締めなおすことと、腰の手拭いを外して針板と押さえの間に嚙ませ、ハンドルを回して調子を見ることだった。そして、まるで女の腰を撫でるようにいとおしそうに一〇〇・三〇に触れると、男は畳に転がった鑿を拾い上げて帰って行った。

大騒ぎになったのはその後のことだった。夢中になっているときには気づかなかったのに、男が帰った途端、女は恐怖で青ざめた。腹の中に子どもがいたからだ。

腹を押さえて呻《うめ》いている女を発見したのは、帰宅した額縁ショーの美術係だったが、血相を変えて部屋を飛び出し、医者を連れて戻ってきた。美術係はありったけ復員兵のことを毒づき、女はわんわん泣いた。もしあのとき、それが原因で流産していたら、禍《わざわい》を為したとして一〇〇・三〇にも制裁が加えられていなかったとも限らない。

しかし、腹に聴診器を当てていた医者が耳からそれを外し、
「心音、聞こえてますのでね。大事にして様子見てください」
と言っただけで引きあげた後、二、三日して、横っ腹のアザが黄色になるころには、腹の中の胎児はよく動いていて、羊水に守られてすくすく育っていることがわかった。

禍と思われた一〇〇・三〇は、どちらかと言えば福の象徴となった。復員兵が血相を変えて乗り込んできたときの顛末《てんまつ》は語り草になり、やや誇張して脚色されて、その後も食卓の話題に上った。

女は出産ぎりぎりまでミシンを動かし続けたし、出産直後からミシンの前に座った。ある日、美術係は仕事場から持ち帰ったブルーのペンキで、一〇〇・三〇の色を塗り替えた。精巧な機械の部分には触れないように、胴体の無難な部分にだけ、深いブルーを塗って乾かした。

「どうしたの？」

女がたずねた。

「このミシンはおまえのだ。あいつのじゃない」

と、美術係は刷毛《はけ》を持ったまま答えた。

縫い上げるもので稼ぎ出される金は、端から子どものミルク代に消え、次の子どもの

出産費用になった。そして仕事と仕事の合間に、女は子どもたちのおむつや服を縫った。駆け回るようになった子どもがミシンに触らないようにと、撮影所の美術係に転職した父親が、日曜大工でミシンを覆う木箱を作った。

二人目の子どもが立って歩くようになり、三人目の子どもが腹に仕込まれたころに、夫婦は転居して、二代目のミシンを買った。一〇〇・三〇には、美術係の作った覆いがかけられたままになり、よほど火急の用事がない限りは、呼び出しがかからなくなった。幸い、少しは部屋数のある都営住宅に越していたし、手回しミシンに変身して、場所もとらなくなっていたことも幸いして、使われることが少なくても廃棄されることはなかった。ただし、押し入れにしまわれていることがほとんどになった。

そんな一〇〇・三〇が、もう一度日の目を見たのは、上の子どもが小学生になって、お母さんと同じようにミシンで縫物をしたいと言い出したからだ。

母親が仕事で使うミシンは、とっくに電動に変わっていたが、幼い娘に使わせるには、ゆっくり回せる手回しミシンが適当だろうということになり、お蔵入りしていたものが引っ張り出された。かつては、男物のタキシード一着縫い上げたこともある一〇〇・三〇は、久しぶりに外に出たその日、小さな女の子の小さな指が動かす、切りっぱなしの四角いサッカー地に、太めのリボンを縫い付けてエプロンを作った。翌日は、小さく四角に切ったアップリケを付けてポケットにした。

　それから、三角巾を縫い、画用紙とクレヨンを入れる袋を縫い、座布団を縫い、ぬいぐるみのズボンを縫った。フェルトにパンヤを詰めた人形を縫った。

娘が母親の電動ミシンを使い始めるまでの数年間、一〇〇・三〇は、小さな彼女の遊び相手になった。母親はいつのまにか内職をしなくなり、頼まれて仕立て縫いをするのもまれになった。人々が、既製服を買うようになったからだ。一〇〇・三〇も出番がなくなって、また押し入れにしまいこまれた。美術係が作った覆いをつけたままで。

　そのまま何年も経過した。地中に埋められていた時間よりもずっと長い時間が流れた。彼女は娘たちを嫁がせ、美術係を見送ったが、独り暮らしの都営住宅の押し入れに入れた一〇〇・三〇を取り出そうとはしなかった。

　忘れられたまま暗がりにいたものが、上の娘、それもすっかり成人したばかりか、すでに初老に達したあの娘の手で引き出されたのは、母親が亡くなったときだった。

　母親は生前、娘に言ったのだった。

「あたしが死んだら、あの押し入れにあるミシンを、いっしょにお墓に埋めてちょうだい。あれで、あんたたちを育てたんだから。片腕みたいなミシンなんだから」

　それで、娘は一〇〇・三〇を引っ張り出して、遺言通りにしようと思ったのだが、美術係が埋まっている墓のある寺の住職が、いくらなんでもそんなでかいものは埋葬できないと言い張った。

そこで娘は、困った末にミシンの釜を抜いて骨壺に入れた。
だから、一〇〇・三〇には、針板の奥に釜がない。

第三話　きららの紙飛行機

その日が来るとケンタは、予告もなく出現することになる。予告と言っても、誰に何を予告するのか。ちょっと、これから出ますよと、誰に断るというのか。

死んで間もないころは、自分が幽霊であることをそもそもわかっていなかったので、生きていたころの知り合いを探して近づいてみたこともあったのだが、近づいてもわからない人には自分の姿が見えないものらしく、叫んでも聞こえないのでかえってむなしくなったりした。予告がないのは、自分自身に対してもそうで、誰かが今日だよとか、そういうことになったから行ってこいと言ってくれるわけでもない。どんなに時間が経っても、なぜ、ふいに自分が現れることになるのか、まったくわからないのだった。だいいち、現れてみない限り、自分が存在することもわからないし、現れない自分はどこで何をしているのかも、現れた自分にはわからない。この世とあの世があるとして、あの世とこの世の自分に連続性はなく、かつて、この世にいた自分は生物として生きていたが、死んだ後にこの世に現れるときは、幽霊である。そういう違いがあることは認識しているが、それ以上、ケンタには何もわからなかった。

最初のころは、現れるのもわりあいしょっちゅうだったが、このごろではそうでもないらしい。ぎょっとするほど街の風景が変わっているので、ずいぶん長いこと出てきていなかったのだと気づかされたりする。以前は出てくれば長いこと居続けたものだけれど、だんだん出現するのも間遠になり、しかも一日くらいしか居られないようになってきた。年に一回出るとか、命日に出るとか、盆に出るとかいうような法則性もない。人々の記憶から完全に自分のような存在が消滅すれば、現れることもなくなるのかもしれないとケンタは思う。ケンタに一つだけはっきりわかっているのは、自分が上野駅の近くの路上で、車に轢《ひ》かれて死ぬという運命だけだった。出てくるのはさほど嫌ではないけれども、毎度、あの瞬間だけは、ほんとうにぞっとする。

ケンタは忽然《こつぜん》と地下道に現れた。それがいつもの場所だった。いつのまにかあたりの風景はさまざまに変質したが、その地下道だけはケンタのよく知る場所のままだった。もちろん、そこにあのころのようなひしめきあう人の群れがあるわけではなかったし、あのすさまじい悪臭も、犯罪や淫行もあのような形では存在しなかったが、それでも、そこ以外にケンタが現れるべき場所はなかった。しかし、だからといって、そこに黙って立っていても仕方がないので、ケンタは地上に出た。まだ、電車も動き出していない朝だったので、駅の周辺にはほとんど人がいなかった。

カラスがばさばさと音を立てて降りてくるのが見えた。空腹が蘇ってきた。空腹でない自分というのを、ケンタは想像することもできなかった。ひもじさとこの世とは、ケンタの中で一体化していた。すきっ腹を抱えたまま、ケンタは歩き出した。街には残飯のにおいが漂っていたから、それに惹かれるようにして歓楽街に足を踏み入れた。ふらふらと歩き続けていると、赤いのれんを下げた店から活気のある声がした。

「ごちそうさまっ」

と、威勢のいい声が聞こえて、店の引き戸が開けられ、若い女たちが出てきた。化粧の濃い若い女たちは、みんな少し懐かしいようなところがあった。ノガミの女たちだ、とケンタは思った。店の中からは、醬油と肉の脂のうまそうなにおいがした。女たちの後から、少し腰の曲がった老婆が出てきて、「ラーメン」と書かれた赤いのれんを下ろして店の中に入れた。女たちを送り出して店じまいするところだったのだ。

出てきた女たちは、二、三人ずつに分かれてタクシーを拾った。一人の女だけが、車には乗らずに歩き出した。ケンタは歩いて行く女をしばらく目で追った。そして、女が角を曲がると、慌てて角まで走ってその姿を確認し、あとをつけはじめた。肩のあたりまである茶色の髪の毛が大きくカールし、スパンコールが縫い付けられたデニム地のスカートに白い短めのジャケットを羽織っていた。足元はヒールではなく、ぺたんこのバレエシューズだった。あとを追ったのに深い理由はなかったが、誰かに似ていたからかもしれない。たいてい、そんなふうにして、ケンタは一日を過ごすことにしていた。

女は坂を上って路地を折れ、少し警戒するようにあたりを見回すと、二階建てのアパートの外階段を上った。そして、三つ並ぶうちの真ん中の部屋の郵便受けに何かを滑り込ませると、タタタタッと小走りに階段を下りて、足早に大通りへと向かった。

ケンタは電信柱の陰から、女の行方をまた見送って、あとを追おうとしたが、キィーッという小さな音に気づいて目を上げた。女が何かを届けていたあのアパートの一室のドアが開いたのだ。

中から、小さな女の子が眠そうに目をこすりながら出てきて、外階段のところまで歩いて手すりにつかまって背伸びをした。しばらくそうやって、何かを探すようなしぐさをしたあとで、あきらめたのか肩を落としてまた部屋に戻っていった。ケンタは女を追うのをやめて、下駄をカンカン言わせながら、鉄の階段を二階へ上った。

ノブを回して引っ張ると、ドアはすぐ開いた。

「お母さん？」

そう言いながら、女の子が玄関まで出てきた。

女の子は、ケンタの姿を認めると、

「誰？」

とたずねた。

この子には自分の姿が見えるのだとケンタは気づいた。

「おまえは？」

ケンタが聞き返すと、女の子は少し困ったように首をひねったが、素直に自分の名前を言った。

「きらら」

「なんだって？」

ケンタは混ぜ返した。

「き・ら・ら」

「ヘンな名前だな」

そう言って胸を張り、ケンタはいきなり優位に立つことにした。

きららはまた困ったように首を傾《かし》げた。一種の癖のようだった。

「お兄ちゃんは?」

お兄ちゃん、と小さい女の子に呼ばれるのは、悪い感じではなかったので、ケンタは気をよくした。そこで、下駄を後ろに脱ぎ飛ばしてぱっと足を開き、腰を落として手を斜めに出した。

「お控えなすって! 手前生国と発しますは、東京でござんす。東京は神田でござんす。神田は明神様で産湯《うぶゆ》を使い、やってきましたのは、西郷さんのおひざ元、ご存じ上野、ノガミのしょんべん横丁でござんす。姓名の儀、発します。姓はクスノキ、名はケンタ、人呼んで、チャリンコのケンタ、略してチャリケンと発します。以後面体《めんてい》お見知りおきのうえ、向後万端《きょうこう》、よろしくお引き回しのほど、おたの申します」

ケンタはボーイソプラノで高らかに宣言したが、なんとしたことか、目の前の小さな女の子は固まって目を丸くしていたばかりでなく、茫然とした数秒ののちに、何も言わずにそーっとドアを閉めようとした。

「ちょっと待て!」

ケンタは右足の親指と人差し指を使って、脱ぎ転がした下駄の一方を急いでつまみ上げると、いま、この瞬間に閉まろうとしているドアに、間一髪のタイミングでそれを突っ込んだ。

ドアに挟まった下駄は、ストッパーの役割を果たした。

きららがあっけに取られている隙をついて、ケンタは悠然とドアを引き開け、それからまたその器用な指先を、薄汚い下駄の鼻緒に差し込んだ。

きららは下駄をしげしげと見つめた。

あまり熱心に見つめるので、ケンタもその擦り切れた鼻緒をつけ、角が欠けた下駄を履いているのが妙に思えてきた。

もとはといえば、何度目かに施設を脱走したときに、どこかで革靴か運動靴をくすねようと思ったのに、手近なところで盗める履物がほかに見つからなかったせいだったが、本人としては裸足よりもいくらかましだというつもりだった。けれども、じーっとその履物を凝視していたきららは、とうとう好奇心を抑えきれなくなったのか、まっすぐに下駄を指さした。

「それ、なあに？」

「なにって」

正面から聞かれると、あまりいい選択ではなかったことが、ケンタにも思い起こされた。鼻緒がたいへん硬い素材でできているために、指の股が痛いことは否めなかった。

「ギッて来られるゲソがほかになかったからよ」

ありのままを申告してみたが、女の子はぽかんとした顔をした。きららにしてみれば、何を言っているのかさっぱりわからなかったのだった。その沈黙は、けっして居心地のいいものではなかったにもかかわらず、ケンタはその場を去りがたい気持ちになってきた。

目の前にいるその女の子は、春の空襲で両親といっしょに死んでしまった妹が生きていたらどんなだっただろうと思わせたし、その子から、垢と汗の入りまじった独特のにおいが立ち上ってきたところも、強く彼を惹きつけた。長いこと風呂に入っていないものだけが漂わせる悪臭だった。間違いなく、それは仲間のにおいだった。

「さっきのは誰なんだよ」

そう言って、ケンタは、こういう髪で、こういう服着て、こういうカバンを持ってと、女の姿を形容してみせた。それまでぽかんとしていたきららは、急に目を大きく開けた。

「お母さん！」

きららは、叫ぶともう一度ぐいとドアを開けて玄関を裸足のまま飛び出し、路地の先の通りを見渡した。それからさらに、家の中に駆け戻って、散らかった部屋を通り抜けてベランダに出て、手すりにつかまると両足で飛び上がり、両腕をぴんと伸ばしたまま腹を手すりで支えて、足先をぶらぶらさせながら遠くを真剣に眺めた。

やがて、がっかりしてきららは部屋に戻り、座り込んだ。

ケンタは玄関にとどまっている理由が見つからなかったので、とっくのとうに部屋に上がり込んでいた。

「なんだ、さっきのチャンネエは、おまえの母ちゃんかよ」

深く同情する口調でケンタは言った。

自分のように親が亡くなってしまったのも不幸だが、親がいるのに面倒を見てもらえていないのも不幸だと知っていたからだ。

「お母さん、なんで帰ってこないのかな。迷子になっちゃったのかな」

と、きららは言った。

「きららは、まえに迷子になって、交番で待ってたら、お母さんが来たことがあるんだ」

きららは、懐かしい思い出でもあるのか、そこに救いでもあるかのような口調で、交番、と口にしたが、ケンタは反射的に顔をこわばらせ、ずりずりと何歩か下がった。

「冗談じゃねえ。余計なことはすんなよ。マッポウの世話になんか、なっちゃダメだ」

あいかわらず、ケンタが何かしゃべるたびに、きららはぽかんとした顔になったが、勝手に入ってきたケンタを追い出そうという知恵も働かないので、そのまま二人で部屋にいることになっていた。

ケンタはたいした広さもないワンルームを、仔細に調べて回った。部屋には、ハンガーラックと白い鏡台が並び、積まれた収納ケースの上に、ぬいぐるみや、メイクボックスが載っていた。部屋に散乱しているのは、大人の女の服で、その合間を紙屑や、スナック菓子の袋、ペットボトルなどが埋めていた。敷きっぱなしの布団の上にも、そうしたものは載っていた。ケンタはペットボトルを見つけると蓋を取って鼻を近づけてくんくん嗅ぎ、逆さにして舌を伸ばし、食べ物の袋らしいと思うと、指に唾をつけて突っ込んで、くっついてきたかけらや合成調味料を舐《な》めとった。あらかた舐め尽くしたが、とくに空腹はおさまらなかった。もともと満足に値するような何かが残っているわけではなかったのだ。

ふと横を見ると、なにやらうらめしそうな表情のきららが、見つめている。

「なんだよ。欲しかったのかよ」

それならちゃんと自分で拾って最後まで食えばいいじゃないかとケンタは思ったが、妹のようなきららに無心に見つめられると、欲張るほどの何も見つけられなかったにもかかわらず、なんだか欲張ったような気がしてきた。

「こっちゃあ、朝からモサコケなんだ。しょうがねえだろう」

きららは何も言わずに見つめてくる。

「モサが、コケてんだ」

ケンタは、「モサ」のところで腹を叩き、「コケて」のところで腹の前で両手を組んで情けない顔をした。

きららはしばらくその顔を見つめていたが、何も言わずに台所に行き、あちこちの扉を開けだした。きららが何を始めたのかわかったので、ケンタもいっしょになって箱を開けたり、瓶の中身を確かめたりした。

あらかた調べ尽くすと、ケンタは、

「しょうがねえよ。おたがいさまだい」

と言って、食い物のないところにこれ以上いても仕方がないので、下駄をつっかけて外に出た。カンカン音をさせて外階段を下りた。そこへ、小さいきららがついて出てきた。

きららは、先を歩いていたケンタに追いつくと、ごく自然にケンタの手を握った。ケンタは隣を見た。女の子がにっこり笑った。

ケンタは出てきてよかった、と思った。

きららはケンタの手を引いて、近くのコンビニへ向かった。もう片一方の手には金の入った封筒が握られていた。金といっても中身は二千円で、次に母親が帰ってくるか、また郵便受けに金を投げ込むときまでを、この金額で過ごすことになることがわかっていたから、まだ小学校就学年齢にも達していないきららは真剣で、特売のコーラと長持ちするビスケット、それにレジの脇に積まれていた賞味期限の近いおつまみ類〝全品一〇〇円〟と書かれた中からいちばん大きい袋のものを選んだ。

レジに近づいて頭の上に押し上げるようにして商品を台に置くと、レジ打ちをしていた、胸に「れい」という名札をつけた若い女の店員が、うっと言って、あごを引くようにして顔をしかめた。

そしてきららの伸ばした手から千円札を受け取り、釣銭とレシートを台に置き、人差し指でできるだけ遠くに押しやった。あからさまに鼻をつまむのはははばかられたのか、制服の上っ張りの丸く開いた首の部分を引っ張り上げて、あごを引いて鼻の頭を覆った。

きららは慣れているので、とくに傷ついたようなこともなく、釣銭と品物を背伸びして取って、それから不思議そうに周囲を見回した。さっきまでいっしょにいたケンタが見えなかったからだ。コーラのペットボトルの長さと重みで、レジ袋が地面をこすりそうだった。きららは両腕に力を入れてそれを持ち上げて、店の外に出た。ケンタは外にも見えなかった。

いなくなってしまったのかとあきらめて歩き出し、角を曲がってコンビニが視界から消えると、電信柱の陰からケンタは出てきた。着ていた大きめの薄汚れたワイシャツを脱いでいた。

「早いとこ、ズラカろうぜ」

ケンタはそう言うと、袋のような形にして腕の部分で縛ったワイシャツを肩に、あまり人の通らないような路地裏や狭い塀と塀の間を選んで歩き、きららの住むアパートに戻った。

きららは座卓の上のものを、とりあえずざっと床に落とし、コーラとビスケットとおつまみの入った袋を載せた。するとケンタも肩からワイシャツを下ろして、包んでいたものを次々と取り出した。

コンビーフの缶詰。サバの味噌煮の缶詰。おにぎり各種。バナナの房。チョコレート。キャラメル。

いずれも複数あって、見るなり、きららは目を輝かせた。

女の子から自分に、あきらかに尊敬の眼差しが注がれたのに気をよくして、ケンタはにんまり笑った。笑うと前歯が一本欠けているのが見えた。

「どうしたの、これ」

きららは物欲しげにおにぎりやチョコレートを眺めた。

ケンタが笑っているだけで答えないので、きららはハッとしてウエストに挟んで戻ってきた母の封筒を取り出し、念入りに小銭を数えはじめた。じつは、これが五百円でこれが百円、五十円玉に十円玉に五円に一円、あんた、覚えないとご飯食べさせないからねと母親に言われて、お金についてはだいたいのことを覚えたつもりではいたけれど、完璧に数が数えられるかどうかには自信がないので、お金を持たされると、きららは不安になるのだった。

「よせやい。おまえからはギッちゃいねえよ」

さっきまでいい気になっていたケンタは、女の子が金を盗まれたかと心配している様子を見てちょっと気分を害した。

「オレを誰だと思ってんだい、ノガミじゃちょいと聞こえたチャリケンだぜ」

ほんとうのことを言えば、ケンタの名前など、上野だろうとどこだろうとまったく「聞こえ」たことなどなかったし、「チャリケン」というあだ名も、誰からも呼ばれたことがなく、自称しているだけなのだけれども、幽霊となって出没することも回数を重ねて、気に入った仁義の切り方を考えているうち、もはやケンタの記憶の中では真実に近いものになっていた。

「オレより年下の女のものなんぞをギッちゃあ、男がすたらあ」

きららには、またしても何がなんだかわからない言葉をケンタは繰り出していたが、キャラメルの箱を開けて粒を取り出し、紙を剝いてぽいと一粒口に放り込むと、もう一粒をきららに向かって投げたので、きららは取り損ねたそれを拾ってやはり口に入れると、もう疑いも何もなくなって、信頼の笑顔をケンタに向けた。

「もちろん、あの店で失敬してきたんだ」

ケンタは誇らしげに鼻を膨らませた。

生きて、上野駅に寝泊まりしていたころ、仲間に誘われてスリの手ほどきを受けたことがあった。チャリンコと呼ばれていたスリの手口には、刃物を使うものなどもあって、終戦直後からの数年は浮浪児たちの専売特許のようだった。しかし、それには技術も必要だった。幽霊になってからの窃盗には、ほとんど技術というものが必要ない。店に入って、店員に近寄って、自分が見えているかどうかを確認する。見えない相手には見えないらしいし、その場合、においにも気づかない。それがわかればあとは盗み放題だ。

「とりあえず、食おう。モサコケなんだ」

そう言うと、ケンタはおにぎりの包装をめちゃくちゃに破いてかぶりついた。空腹は、きららも同じだったらしく、ケンタが投げてよこしたおにぎりを、両手でつかんで口いっぱいに頬張った。二人とも喉を詰まらせるようにして食べて、それからきららが買った特売のコーラを開けて飲み下した。

「うめえ！　銀シャリはうめえ！」

吠えるように、ケンタは言った。続けてケンタはバナナを食べた。

一瞬でもお腹がくちくなると、眠気が襲ってきた。ケンタは部屋の隅に敷きっぱなしの布団に寝転がった。

「布団はいいな」

と、ケンタは言った。

「こんなとこで毎日カンタンだなんて、きららは運がいいぜ」

自分の宿泊場所である地下道を思い出して、ケンタは顔をしかめた。

それがもうない場所であろうとどうであろうと、ケンタにとっては、そこが定宿だったし、物心ついてから車に轢かれて死ぬまでの間、布団で寝たのなんて、親と暮らしていたころを除けば数回がいいとこだった。

「うらやましいぜ」

と、独り言のように言うと、ケンタは目を閉じた。

隣にうずくまるようにして、きららが寝たのがわかった。

目を覚ますと、太陽はずいぶん上のほうにあった。

ケンタときららは、飲み残しのぬるくなったコーラを分けて飲み、きららの買ったビスケットを一枚ずつ頬張った。それから、ケンタはキャラメルの箱に手を伸ばし、自分ときららに一粒ずつ取り出した。

「でも、もう、あの店には行かないほうがいいな」

ケンタは難しい顔をして、きららに忠告した。

「ブツがなくなったと気づいたときに、疑われるのはおまえだからな。あの店員、ヘンな目で見てただろ。次はもう少し、人の多い時間に、別の店に行ったほうがいい」

自分が今日一日で消えてしまう運命でなければ、この子のためにいつだって食糧を調達してきてやるのだが、とケンタは思った。

　たまに娑婆に出てきても空腹で、つねにそれを満たすために一日を使うことになるのにもかかわらず、食っても食っても満たされることがないので、幽霊とはむなしいものだと思っていた。さっき食べたはずの銀シャリのおにぎりも、いつのまにか腹から消え失せているようなひもじさだった。自分は幽霊なので満たされることはないのかもしれないが、幽霊としての特性によって、この小さな女の子の腹を満たすことができるのであれば、それは技術の有効活用であり、また悪徳の中の善行でもあるのではないか、というようなことを漠然とケンタは考えた。もちろん、そう難しい言葉で考えたわけではなかったが。

　ただ、自分が一日こっきりで消えてしまうことを思うと、この子がまたあの店に買い物に行ったときに、あらぬ疑いでつかまるのではないかと、急にケンタは心配になってきた。いくら盗っていないと言っても、汚い恰好の、饐《す》えたにおいのする、親のない子どもが店に入ってきて、その後に品物がなくなったことが発覚すれば、犯人はその汚い女の子と決まるのは必然だった。何度も何度も、そんなことがあったのをケンタは思い出した。盗んでいないものを盗んだ罪で、殴られたり蹴られたり警察に通報されたりしたことは無数にあった。

　キャラメルのひとかけの最後の甘さが舌から去るのを感じながら、そのうまい唾液を飲み込んで、ケンタはあることを思いついた。

「おまえんち、鋏ある？」

欲しそうな目をしてキャラメルの箱を見ているきららの手に、もう一粒握らせてから、そうたずねると、

「とっとく」

と、きららはキャラメルを箱に戻し、台所に鋏を取りにいった。

「髪切れ。女の子は切ると別人に見えるからよ」

ケンタは鋏を受け取りながら言った。

きららはなんのことかわからないような顔をしていた。

ケンタはきららの手を取り、散乱する服やごみの山を踏み越えて白い鏡台のところまで行くと、きららをその前に座らせ、鏡台に鋏を置いた。

それから、きららのベタつく髪の毛を両手でしごいて後ろに流し、そのへんにあったレジ袋を一つ拾って広げ、のっぺりと海苔のようにひとまとまりになっているきららの髪を、レジ袋の中に入れた。そして外側のレジ袋ごと左手でつかむと、右手で鋏を取り上げて、一気にじょきじょきと動かした。

「あ！」

きららは頭の上で鋏が鳴ると、びっくりして声を上げた。

そして、ケンタが長い髪をレジ袋ごと台所のいっぱいになっているゴミ箱にとにもかくにも捨てに行って戻ってくると、きららは大粒の涙をこぼして声も出さずに泣いているのだった。

「ど、どうした？」

きららは好きだった長い髪を一瞬にして切り落とされて泣いているのだったが、女の子といっても男の子の恰好をしていたほうが危険は少ないという理由で短い髪やズボン姿が普通だった上野の浮浪児社会で生きていたことしかないケンタは、涙にぬれた目でにらみつけられて、はじめてたいへんなことをしてしまったと気づいた。

おろおろと散らかった部屋をあちこち歩き回った挙句に、ケンタが思いついたのは、

「風呂に入ろう」

だった。

風呂に入って体や髪を洗えば気持ちが変わるに違いない。それに、髪型だけではなくて、きれいな体になって服を換えれば、店員もきららがあの臭い女の子とは気づかなくなるだろう。

このように考えて、ケンタはぐずぐずするきららを立たせて、さきほど見つけておいた狭い風呂場に入った。荷物置き場のようになっていて、そこ自体が悪臭のする風呂場で、バスタブに入っていた物をとりあえずどかし、ケンタは水道の蛇口をひねった。長

く使っていなかったらしく、子どもがひねるのには、かなり力がいった。

蛇口からは何も出てこなかった。

「あれ？」

ケンタは何度も同じ動作を繰り返し、きららを置いたまま風呂場を出て、洗面所、台所と、順番に蛇口をひねってみた。

「なんだよぉ。断水かよ！」

チェッと舌で大きな音を立てて、洗面所に投げ出した荷物をまたバスタブに戻し、ケンタはきららを眺めた。

長かったときのほうがかわいかったとも言い難いが、乱暴に切った髪は長さも不揃いで、しかもベタついたままだったので、きららが不愉快になるのも仕方がないように思えた。

「断水じゃあ、しょうがねえ。ズンブリにでもカマろうぜ」

ほんとうは断水ではなく、不払いが原因で水道もガスも電気も止まっていたのだが、そこまでの事情を知るケンタではなかった。きららは困ったように首を傾げた。

「だってさあ、そんなじゃあ、あの店のチャンネエに見られたら捕まるぜ。ズンブリへカマってさっぱりすりゃあ、気分だっていいじゃねえか」

オレはこのあたりのズンブリには詳しいんだぜと、きららの手をとってケンタは街へ駆け出した。

ここ、ずっと変わんないんだぜ。

ケンタが坂を駆け下りて広小路を抜け、御徒町《おかちまち》までスキップするようにして、きららを連れて行ったのは、昭和二十五年創業という老舗《しにせ》の銭湯だった。いまどきの銭湯には珍しい朝湯のあるその店は、ケンタが車に轢かれて死ぬ前の年にできてにぎわった。

「いいかい、番台には人がいるから、そこでヒンを、さっきの封筒から金を出してみせて、自分の分だけ払うんだぜ。オレのヒンはいらねえ。番台のやつにはオレは見えねんだ。だから、いっしょに入ってやってもいいな」

ウキウキしながらケンタはそう言った。

幽霊になって出てきても、することもないので銭湯に行くことは多かった。女湯にも入れるのは役得だったが、たくさん客のいる時間に行くと、中には霊感の鋭い人間もいて、一度見破られて、ひどい恰好で逃げ出したことがあった。

「ズンブリ。ズンブリ」

なんだかあまりよくわからないままに、きららはケンタから伝染した浮かれ気分を少し漂わせて、そう繰り返し、のれんをくぐった。

番台に座っていた年配の女性が、眼鏡越しにきららをぐっと見据えた。

「なに、あんた、一人なの？」

きららは、ぷるぷると首を横に振った。しかし、後ろからケンタの手が伸びて、強制的にうなずかされる形になった。

「お父さん、お母さん、いないの？」

こんどはケンタの手を借りずに、きららは、うん、と言ってあごを引いた。

「それにしても、すごいにおいだねえ。ちょっとこれじゃ、ほかのお客さんが困っちゃうねえ。ちょっと、スミさん、いるう？」

奥から、スミさん、と呼ばれた少し年下の女性が現れた。

「いまさ、一人お客さんがいるから、ちょっとこの子、隅のほうへ持ってって、洗ってくれる？　お客さんのそばに寄らないようにしてさ、隅っこのほうで、ゴシゴシやっちゃって。ゴシゴシやったタオルは捨てちゃって。キレイにしてっから湯船にね」

しばらくスミさんと話していたかと思うと、番台の女性はもう一度眼鏡越しにきららを見た。

「だけど、あんた知ってるの？　うちの湯は熱いんだよ！　入る前に、お湯をいっぱいかけて、そーっと入るんだよ、いい？」

指を立てて説明してから、番台の女性は、再度、スミさんに、今度は世間話のような口調で言った。

「だけどまあ、こういう汚いの見たら、入れないわけにいかないわねえ、うち、風呂屋だもの。この子に何が必要って、そりゃ風呂だわよ」

そして、また眼鏡越しにきららを見て、

「お金は持ってんの？」

と問いただした。きららが封筒から小銭を出すと、五百円玉を取り上げて四百二十円のお釣りを出し、それから、何か不審なものにでも気づいたのか、じっと、きららの後ろを見つめた。

気づかれないうちにと、ケンタは忍び足の俊足で、男湯に駆け込んだ。

出勤時間に近い、ぼんやりした時間帯で、その日はほかに客がいなかった。ケンタは浴場内に設置してあった液体石鹼を使って、入念に体と髪を洗った。それから、誰もいないのをいいことに、浴槽のへりからジャンプするように飛び込んで、それから、

「あちちちちちち」

と言って、またジャンプするように洗い場に戻った。

それを何度か繰り返して、ケンタはとうとう湯船に肩まで浸かり、ついでに泳ぐように浴槽を動き回った。

ガラリと引き戸が開いて、男の客が一人入ってきたので、うっかり気づかれないうちに浴槽のへりに尻を乗せ、ちょっとずつ端のほうに行っておとなしく足先だけを浸けた。

そして、次の客が引き戸を開けたのを機に、洗い場を滑りながら走って戸を抜けて外へ出た。まだ、きららは出てきていなかった。

しばらくふうふうと下唇をつき出して息をして待っていると、ピンクのゴムで前髪を結んでもらい、膝まである大きめのTシャツを着せられたきららが、スミさんといっしょに出てきた。着ていたワンピースがあまりにも汚いので、脱がせてまた着せる気にならなかったのだろう。顔を洗ってもらったきららは、かわいい顔をしていて、それもスミさんや番台の女性を気分よくさせたらしい。

「ほら、お風呂に入ると気持ちいいだろ」

年配の女性はわざわざ番台から下りて、店の前まできららを送り出し、ついでにそこにある自動販売機でポカリスエットを買って持たせた。

「お母さん、八十円のお湯代もらって、ポカリおごってたら、儲けないね」

と、スミさんが笑い、

「Tシャツあげてるもの。出血大サービスだわよ」

と、番台の年配女性は答えた。

「またおいで。今度は、あんなに汚くなる前においで」

番台の女性は言った。

きららは愛想よく笑って手を振った。

熱い風呂から上がって飲むポカリスエットに、ケンタは感激した。

「うめえ。甘え。しょっぺえ」

そう叫ぶケンタと、きららはかわりばんこにポカリスエットを飲みながら街をぶらぶらした。

「ここはオレがいたころは、ノガミの闇市で」

アメ横を歩きながら、ケンタは語った。

「いろんな店が出てて、なんでも売ってたんだ。残飯シチューのにおいもしてた。チャリンコしたり、シケモク売ったり、靴磨きしたりした。それで、夜になると、駅の地下道でカンタンするんだ。いっぱいいるから、冬でもちょっとあったかかった」

ケンタの足は自然に地下道に向かった。

きららに話しながら歩いていると、目の前にはあのころの光景がまざまざと浮かんでくる。ケンタは少し黙って、壁に寄りかかるとずりずりと背中を押しあてながら腰を落としていき、ひんやりした床に座り込んだ。きららは真似をして隣に座った。地下道を使う人が、それぞれ足早に通り過ぎた。子どもが二人、いや、女の子が一人座り込んでいても、注意を払う人はいなかった。

ケンタは尻のポケットに入れてきたキャラメルを取り出して、きららに一つやり、一つを口に放り込んだ。あのころなら、こんな贅沢な食べ方はしなかったが、幽霊になってからは、キャラメル一箱「ギッて」くるのは簡単だったから、けちけちする気にはなれなかった。どのみち、今日の夕方には、また車とぶつかってしまうのだから。

「オレ、死んじゃうんだぜ」

と、ケンタは言ってみた。

きららは、なんの反応も示さなかった。

「道の向こうに芋が転がってたんだ。誰かがうっかり落としたんだろ。それでオレ、早く拾わないと、ほかのやつに取られると思って飛び出したんだ。そしたらそこに車がきてぶつかった」

「痛かった？」

と、きららが聞いた。

「わかんない。覚えてない。だけど、あとでオレまた死んじゃうぜ」

きららは、困ったように首を傾げる得意のしぐさをした。

「オレにくっついて、飛び出したりすんなよ。死んじゃうからな」

うん、と、きららはうなずいた。

ケンタはキャラメルの紙を器用に折って、紙飛行機を折り地下道に飛ばした。小さい飛行機なのに、それは意外に長く空中にとどまった。

「きららにも作って」

きららは四角い包み紙を差し出した。

「自分で折んな。教えてやるから」

こっちだろ。まんなかに線つけるだろ。それからこっちとこっちを三角に折るだろ。そのあと両方まんなかに折るだろ。

きららの指は不器用で、左右対称に紙を折ることができなかったので、

「これじゃ、ちいさすぎるな。こんど、もっとおっきな紙でやってみな」

と言うと、ケンタはきららの手から包装紙を取り上げて、ぱぱっともう一つ飛行機を折った。

「飛ばしてみな」

きららは小さな手で飛行機をつまんで投げたが、尖った先を下に向けて、それはいきなり地面に激突した。

「上向けて飛ばすんだよ。そうするとちょっと上向いて山を描いて、そのあとすーっとまっすぐ飛ぶから」

ケンタが飛ばした紙飛行機は、一つ目も二つ目もよく飛んだ。

きららは自分で飛ばすのをすっかりあきらめて、何度も何度も飛ばしてくれとケンタにせがんだ。

二人は地上に出て、階段を上り、公園に入った。きららがケンタの手をひっぱりなが

ら、先にとことこ進んでいく。

「なあ、おい、そっちはオカマがいるんだぜ。行かないほうがいいって。カマを掘られるぞ」

ぶつぶつ言いながらついて行ったケンタだったが、にぎわう人波を見つけてにわかに活気を取り戻した。

「なんだ、これ。縁日か？　あ、花市か？」

そこでは、さつきフェスティバルが行われていて、縁日の境内のように台が並び、色とりどりのさつきの盆栽が並んでいた。

ケンタときららは、一点一点ひやかしてまわった。

「でけえ。こんな鉢植えははじめて見たぜ」

自分の背丈ほどもある盆栽を見て、きららも笑った。

それから二人は噴水のあるところまで行って座り、そのうち寝っ転がって、空を眺めた。

「広《ひれ》えな、ここ」

空は高く、雲もなかった。

熱い風呂に入って疲れた二人は、そこでまた眠くなって昼寝をした。

おまえの母ちゃんはあれだな、やっぱりノガミって感じだな、ラクチョウじゃあねえや、とケンタは感想を述べた。

きららがぽつりぽつりと、母親のことを話しはじめたからだ。

まえはいっしょに暮らしていたのだけれど、ときどき帰ってこないことがあって、このごろではいつ戻ってくるのかが、きららにもよくわからない。封筒に入ったお金が郵便受けに入っていたことは、いままでに二回あった。ときどき、コワいおじさんが、「ひゃっきん」を返せと、家に押しかけてくる。

ケンタは今朝見たきららの母親の姿を思い浮かべた。

化粧はしていたけれど、若そうに見えた。ノガミの女はチャンネエだが、ラクチョウはババアだと、地元贔屓《びいき》の浮浪児仲間は言っていた。母親がきららを産んだのは、まだ子どもみたいな年だったのかもしれないと、子どもみたいな年で「モサガマリ」した女の子をたくさん見たことがあるケンタは考えた。

ケンタはさつきフェスティバルの会場でもらったチラシを、斜めに折って三角形を作り、はみ出した部分を折って爪でしごくようにして筋をつけてから切り離した。そして一度斜めに折ったものを開くと、正方形ができていることを、きららに見せてやった。

「おっきい四角ができたろ。そしたら、さっきみたいにまずまんなかで折ってさ、それから三角を二つ作って。こっちとこっちを折って。それから、ここが大事なんだ。ここをちゃんと折んないと、飛ばないんだぜ」

キャラメルの包装紙と違って、面積のある紙飛行機は、風を受けて公園の広い空間に舞い上がり、長く空中を浮遊した。きららは大喜びして、何度も、何度も、

「飛ばして！」

と叫んだ。

公園にはいくらでも楽しい場所があったので、ケンタときららは追っかけっこをしたり、銅像によじ登ったり、売店でケンタが「ギッて」きたパンダのおもちゃで遊んだりした。

きららは生まれてはじめて一人で最後まで折った紙飛行機をちゃんと飛ばせたのが嬉しくて、そこらじゅうを駆け回った。

ケンタは幽霊になってはじめて、もう少しここにいてもいいなと思った。

紙飛行機が噴水池の周りからゆらゆらと博物館方面に向かい、きららはそれを追いかけた。

走ってきた青い車が急ブレーキをかける音がして、きららは何者かに、どん、と突き飛ばされ、博物館正門前の歩道に転がった。

青い車から人が出てきて、だいじょうぶか、と言った。まわりに人が集まってきた。

きららは弾かれたように後ろを振り返って、路上の一点を凝視した。

第四話　亡霊たち

千夏《ちなつ》が亡霊を見るようになったのは、おじいちゃんのせいだ。おじいちゃんと呼んではいたが、実際は曽祖父である。

おじいちゃんは、大正十二年生まれで、関東大震災のあった日の翌日が誕生日だった。あまりの揺れにびっくりして、早く出てきてしまったという話だった。本人から聞いたわけではなくて、千夏の母が人から聞いた。人からというより、千夏の母が子どもだったころは、法事で親戚が集まると誰かが必ずそのことを持ち出して、仙太郎さんはほら、せっかちだからとみんなで笑ったらしい。あまりに何度も語られる逸話なので、千夏の母はうんざりしたという文脈で、それこそ自分自身も何度も話した。

「まあ、せっかちっていえば、せっかちよねえ」

というオチで、たいていこの話は終わったものだけれど、千夏はおじいちゃんがせっかちだったころを知らない。

千夏の知っているおじいちゃんは、もうかなりな高齢で、ひ孫の千夏が物心ついたときはすでに八十を超えていた。脳梗塞を患ってから、右足と右手に痺れが出て、老人用カートを押して不自由そうに歩いていた彼は、もとがせっかちだといっても、走るわけにもいかない。いつもゆっくりゆっくり足を運んで、散歩の途中に座れるところを見つけては座り込んで大きく息を吐いていた。

おじいちゃんが気の毒だったのは、妻が早くに亡くなってしまったことと、苦労して育てた一人娘が離婚してしまったことと、その一人娘を先に逝かせたことだ。不幸中の幸いと言えるかもしれないのが、一人娘にはまた一人娘がいたことかもしれない。それが千夏の母親にあたるのだが、仙太郎おじいちゃんにとって孫娘にあたる彼女が、家族とともに、晩年の彼と暮らした。おじいちゃんのDNAは、一人娘から一人娘へと引き継がれ、現在のところ、その末端に、千夏という女の子がいることになる。

おじいちゃんのお世話をよくする子だと、千夏は小さいときに褒められたものだった。

千夏と両親が、おじいちゃんが暮らしていた都内の古い一戸建てをリフォームして引っ越したのは、千夏が八歳のときだったが、それ以前から、彼女の祖母のいたこの家で、おじいちゃんとそれなりの交流を持っていた千夏は、彼の震える足先に上手に靴下を履かせてあげることができたし、驚くほどスローなペースにつきあって、いっしょに風呂に入り、背中を流してあげるのも得意だった。

おじいちゃんは、お風呂に入ると嬉しそうに歌を歌ったりした。反響がよくて、なんだかいつもよりうまく聞こえるその歌は、しかし単調で、甲子園のときに丸刈りの男の子たちが歌う校歌のような、みんな同じに聞こえがちなリズムのものだった。千夏はあまり好きになれなかったけれども、目をつぶって湯に浸り、幸せそうに歌うおじいちゃんを見るのは嫌いではなかった。湯あたりしないように、頃合いを見て、ゆっくりゆっくり行動するおじいちゃんが風呂から出るのをサポートし、大きなタオルでしわしわの体を包んであげたものだった。小学校も高学年になると、さすがに風呂にはいっしょに入らなくなったが、朝、寝間着から普段着に着替えさせたり、二人で留守番したり、食事の介助をしたりするのは、千夏の仕事だった。

千夏の任務はさらに増えていき、高校に入ってからはプロのヘルパー並みに働いた。千夏の親は二人とも仕事を持っていて、四十代の働き盛りの彼らは遅く帰ることも多い。すっかり「育ちあがった」千夏が、おじいちゃんの世話を引き受けざるをえない場面は多かった。もちろん、日中、千夏が学校に行っている時間帯は、ヘルパーさんが来てくれたり、デイサービスが預かってくれたりしていたけれども、部活をそこそこに切り上げて急いで家に戻り、デイサービスから帰ってくるおじいちゃんを出迎えるのは千夏の役目だった。ヘルパーさんは、週に二日、晩御飯を作ってくれた。その間、おじいちゃんの見守りをするのも千夏だった。「千夏が見ててくれる」その週二日に集中して母は残業を入れ、あとの三日は定時に仕事を切り上げて帰宅して食事の支度をしていた。けれど、母が食事を作っている間、おじいちゃんの見守りをしなければならないのは同じことだった。ひ孫が試験前で参考書とにらめっこしていると、なぜだか仙太郎おじいちゃんは不機嫌で、利くほうの手をぶんぶん振り回して、彼女から参考書を奪おうとした。

「やめてよ。赤点取ったら、おじいちゃんのせいだからね」

抵抗するひ孫に、おじいちゃんはきっぱりと、

「そんなものは、やらなくていい！」

と、大声を上げた。晩年は、認知症との闘いでもあったが、千夏から本を取り上げようとするときのおじいちゃんは、びっくりするほど迷いなく意志的なので、本気で勉強させたくないかのようだった。

「今日、おじいちゃん、どうだった？」

という母親の質問に、ヘルパーさんのように答えるのが千夏の日課と化した。

「まあまあ」とか「いつもとおんなじ」とか「食欲ない」とか、母親に上げる報告はつまらないものだったが、おじいちゃんと二人の時間は、人には説明しがたい豊かさを持っている、とハイティーンの千夏は思っていた。

いつごろからだったか、おじいちゃんは見えない人を見るようになった。

独りでいて退屈すると、脚が悪いのに出かけたがるようになって、どうしたのかと聞くと、「リョウユーが来ている」と言う。

「リョウユー？」

首を捻るひ孫の反応に、もどかしさをいっぱいにして、左手を振り回して「行くんだ、行くんだ」と言い張るので、千夏は何度か外出の支度をさせて外へ連れ出したりした。

多くの場合、支度している間におじいちゃんは、外出の目的を忘れてしまった。つまり、リョウユーに会わなかった。けれども、おじいちゃんが出かけなくたって、あちらからやってきた。

古くなって座面のボコボコしてきた籐椅子に座布団を載せて、静かに腰掛けているのが最晩年のおじいちゃんの日常生活だった。籐椅子は南側の窓の近くに置かれていて、そこからは栗の木のある小さな庭が見える。たいていの場合、リョウユーは庭から訪ねてくるようだった。おじいちゃんはしばらくそのリョウユーと交流した後で、大きく手を伸ばしてそれを折り、額に爪の先を当てるようにして敬礼した。それは、リョウユーが帰っていくときの合図だった。終わると、ふうとため息をついて、籐椅子の上でこくりこくりと居眠りを始める。

ろうか。


「おじいちゃん、どうだった?」

と、母にたずねられて、初めてリョウユーの話をしたのは、千夏が高一の夏だっただ
ろうか。

「おじいちゃんね、今日、リョウユーと会ってた」

「リョウユー?」

「おじいちゃんが、そう言った」

それを聞くと母は少し妙な顔をした。

「誰か、来たの?」

「来ない。おじいちゃんが、そう言っただけ」

いっしょに夕食を摂っていた父が、

「おじいちゃんは、戦争には行ったの?」

と、たずねた。

「行ったよ。行ったはず。たしか。でも、ほとんど、その話はしたことがないって、お
ばあちゃんは言ってたけどね」

「リョウユーじゃなくて、センユーじゃないの?」

と、父は言った。

「センユー?」

「戦争に行ってたときの、戦地の仲間ってこと」

「ああ、戦友」

そうかなあと母は首を傾《かし》げた。おじいちゃんの戦争について、母はほとんど知らなかった。

「インドネシアだったか、マレーシアだったか、よく覚えてない」ところへ送られたらしいと、母は言った。

「マラリアにかかって、九死に一生だったって言ってた。そういえば、法事のときの『大地震にびっくりして出てきた』みたいに、親戚が会うと必ず『ヒトーで九死に一生』って言ってて、私、意味がよくわからなかったんだけど、大人になってから、秘密の島ってことだとわかってね」

ご飯を食べながら、母が言うと、父が横から、

「それ、ヒトウだろ」

と、あきれたような口調で言った。

「うん、そうなの。音だけ聞くと秘密の温泉みたいね。でも、島のことなの。秘島」

「だからさ、秘密の島じゃなくて、比島だよ。ガ島じゃなくて」

「ガトー?」

「比島はフィリピンだよ。ガ島がガダルカナル」

「そうなの？」

母と娘はユニゾンで驚きを表明した。

「そうだよ。比島はフィリピンだよ。びっくりするなあ、もう。何が『大人になってからわかった』だよ。ぜんぜん、わかってないじゃん」

父は母をさんざんからかったが、結局「リョウユー」が戦友のことなのかどうかは、よくわからなかった。おじいちゃんが行った戦地がフィリピンだったにしても、そのことは家族にほとんど共有されていない個人史で、千夏の母がかろうじて覚えているのは、終戦の年の冬に帰国したという事実だった。

「仙太郎おじいちゃんの実家には、空襲で住むところをなくしたり、大陸から戻ってきたりしていた親類縁者がおおぜいおしかけていて、たいへんなことになってたんだって。仙太郎おじいちゃんが戻ってきたときは冬で、戻ってきてくれて嬉しいというのは当然あったはずだけど、その大所帯では、また一人食い扶持が増えてしまったという雰囲気が強くて、寒くて寂しい年越しになっちゃったんだって」

おじいちゃんはマラリアにかかって、ようやく帰国したので体が悪かったらしい。それでも器用だったので、山で採れる竹で笊《ざる》や籠を作って闇市に売りに行くことでその「おおぜい」を養う費用の一部を負担しながら、何年かを過ごし、親戚だか誰かが戦時中には国策会社になっていた繊維の会社を再興して、東京に事務所を出したのを機に上京した。結婚したのはその後のことで、東京事務所の職員仲間の妹だか従妹だかを奥さんにして、千夏の祖母にあたる一女をもうけたのだった。つまり、家族の歴史はほぼ戦後史になるわけで、おじいちゃんが結婚してから後の話は、祖母からも本人からも、ごくたまに聞くことはあったが、それより前のこととなると、江戸時代につながるくらいの遠さが感じられた。いずれにしてもあまり口数の多い人ではなかった。

そして、千夏が出会ったころには、おじいちゃんはもう脳梗塞をやった後だったし、記憶もあいまいになっていた。

千夏が中学生だったころ、学校帰りに駅前の喫茶店の窓際の席で、コーヒーを啜《すす》っているおじいちゃんを見かけてびっくりしたことがあった。あのころは、たしかにゆっくり杖をついて歩くこともできたし、一人で留守番することもできて、デイサービスにも行っていなかったし、ヘルパーさんも来ていなかったし、千夏が大急ぎで帰宅して見守りする必要もまだなかった。たまにはバスに乗って、隣町のパチンコ店に行ってくることもあった。だから、喫茶店にいることじたいは、さほど驚くことではなかったかもしれないのだけれど、それでも珍しい光景だった上に、おじいちゃんはまるで目の前に誰かが座っているかのように、話しかけたり、相槌を打ったり、笑ったりしているのだった。

不思議に思って自転車を止め、財布の小銭の額を確かめてから、千夏は喫茶店に入った。

「おう」

気づいておじいちゃんは手をあげた。

「珍しいね」

千夏が話しかけると、

「うん？」

と、首を捻る。

「一人で喫茶店にいるなんて、珍しいね」

「いやあ、一人じゃなかったんだ。友達が来ててね」

「友達？」

「ああ」

そのころ千夏はまだ、おじいちゃんとリョウユーについて知らなかったので、奇妙な気持ちがした。まるで目の前に相手がいるように振る舞っていたおじいちゃんは、ひょっとしてほんとうに誰かを見ていたのだろうかと。

「楽しかった？」

と、千夏は聞いた。

「ああ。久しぶりだったからね」

と、おじいちゃんは答えた。

おまえも何か飲んでいくかと聞かれたが、千夏は飲まないと言った。そして、二人は喫茶店を出ようとしたが、案の定、おじいちゃんは財布を忘れて家を出てきていたので、千夏は小銭を出してコーヒー代を払った。

「おかしいなあ。すまなかったな。家に戻ったら返すから」

そう、何度も、おじいちゃんは言ったけれど、もちろん家に着くころにはすっかり忘れていたから、そのお金は母に請求して返してもらったのを覚えている。

あのとき彼は誰に会っていたのだろう。もしかしたら、たいへん仲のよかった清原《きよはら》のおじいさんか誰かと会っていたのかもしれない。清原のおじいさんというのは、実業学校時代の同級生で、のちになって東京で就職したこともあってずいぶんつきあいがあった。ただ、清原のおじいさんは、仙太郎おじいちゃんよりもかなり前に亡くなっていた。

亡くなった親友が訪ねてきて、いっしょにお茶を飲んでいるのならば、ほほえましい話ではないかと千夏は思った。おじいちゃんの目に見えていて、楽しい時間が過ごせさえするなら、実際そこにいるかどうかなんて重要なことではないように思われた。ただし、あの和《なご》やかな笑いや、しきりにうなずいている様子は、そののち彼が見せるようになった姿とは、かなり違った。

最初に気づいたのは、いつごろだっただろうか。

昼食を摂ると、寝室で横になるのを習慣にしていたおじいちゃんが、ときどき焦燥に駆られたように起きてきて、

「リョウユーが来ている」

と言うのだった。

千夏が気づいていっしょに出かけたり、あるいは誰も来てないよと言ってなだめたりできればいいのだけれど、見守りの目を上手にかわして出かけてしまったことも何度かあった。近所をうろうろしているくらいなら、慌てて見つけに行くこともできたが、うっかりバスにでも乗ってしまうと本当にどこへ行くかわからない。半日ほど行方不明になり、家族をさんざん心配させたあげくに、パトカーに乗って帰ってきたこともあったし、通りすがりの人に手を引かれて帰ってきたこともあった。無事に戻れたのが奇跡のような体験をいくつも経て、ケアマネジャーさんと話し合いがあり、家での見守り態勢が強化された。

来ているから、と言って出かけたがるだけではなく、寝室で天井を凝視して何かもごもご言っていたと思ったら、何かが来ていたのだと言うこともあった。

それらが学校時代の友人なのか、戦争中の同胞なのか、戦後知りあった人なのか、まったく知り合いでもなんでもない人々なのかも不明だったが、しばしば仙太郎おじいち

ゃんの元を訪ねてくる透明人間たちのことを、千夏はすべてリョウユーと名付けた。

直接訪ねてくることもあれば、勝手に近くに来て何かしているようなこともあった。まだ病気が少しずつ進んでいる段階で、しゃべるのにそれほどの不自由がなかったころは、いろいろなパターンの来訪を、おじいちゃん自身が話してくれたものだった。

「ここんところ、ずーっとね。二階に来てるんだよ」

学校から帰ったばかりの千夏に、真面目な顔をしてお茶を啜りながら、そんなふうに言ったこともあった。

「二階に？　二階で何してるの？」

おじいちゃんは、人目をはばかるように周囲を見回したのちに、ひ孫娘にそっと囁《ささや》く。

「おれはね、話し合いじゃないかと思ってる」

「なんの？」

「なんのって、そりゃあ、あれだよ。これから、決めるんだろう」

「何を話すか決めるの？」

「うん？」

「なんのために話し合いをしてるの？　誰なの？」

「それは」

おじいちゃんは、少し考えるようにして黙ったが、千夏が質問を立て続けにしてしまったので、どう答えたらいいのかわからなくなったようだった。

「誰が来てるの？」

一つに質問項目を絞ったつもりで言い換えてみたが、

「上のほうだね。いま、来てるよ」

という、最初とほぼ同じ内容の発言を引き出すだけに終わった。

「重要な会議かなんかなの？」

と、千夏は聞いてみた。

「うん、会議だ」

おじいちゃんは神妙な面持ちで言った。あのときは、二階に複数来ていたらしい。そうかと思うと、なんだか妙にしみじみとして、ひどく丁寧な口調になっていることもあった。

「そりゃ、おそらく奥さんには届かなかったでしょうね」

と、おじいちゃんは唐突に言い出した。

驚いて周囲を見回してみても、そばには千夏しかいなかった。

「そんなことを、いつまで思っていたって始まらない。長いことはないんだから、いっしょです」

慰めるような口調で、おじいちゃんは誰かに話しかけていた。

「気になさらんことです。もう終わったことなんだから」

「おじいちゃん、どうしたの？　なにを気にしなくてもいいの？」

少し薄気味が悪い気がして、横から千夏が話しかけると、はじかれたように振り返って、おじいちゃんは言う。

「おまえ、こんなところで何をしているんだ」

「何って、おじいちゃんのお世話だよ」

「そんなものはいらない。世話なんかいらないよ」

「そう？　それならいいけど。誰か来てたの？」

「うん？」

「おじいちゃん、誰かとしゃべってるみたいだったけど」

「うん。それはあれだ。リョウユーが来てたんだがな」

おじいちゃんの様子が気になったから、千夏はインターネットで調べ始めた。幻視、幻聴、せん妄。高齢者にあらわれるそんな症状のことがいろいろ書いてあったけれど、おじいちゃんが誰かと会っているときの雰囲気は、それらのネット情報と似ているようでもあるし、ぜんぜん違うようでもあった。おじいちゃんはリョウユーと会っているときに、ことさら興奮したり、怒ったりはしなかった。だから、もしかしたら、医学的な症状とは違うものなのかもしれないと千夏は思った。

「会いに来るんだよ」

千夏が日の当たる窓の近くにおじいちゃんを座らせて、手の指の爪を一つ一つ切ってあげていたとき、しんみりした声で彼は言ったこともある。

「昔の友達が？」

「うん、そうだね」

「おじいちゃんには見えるの？」

「ああ、見える」

「仲のよかった友達？」

「どうだかな」

「よくなかった友達？」

「どっちだかな」

そう言うと、おじいちゃんは少し困ったように顔をしかめた。

最晩年には、リョウユーたちはもう少し違った登場の仕方をした。夜中におじいちゃんが大きな声を出して、千夏も両親も起きて駆けつけると、部屋の隅に人がいるとわめいているようなこともあった。こちらはほんとうに、いわゆる医学用語の「せん妄」というやつだということになったけれど、おじいちゃんにはずっと前から見えているのだから、いまさら特別なことだろうかと千夏はこっそり考えた。

大事なものがなくなってしまったと、悲し気に探していたこともある。

「あいつが持って行ったんだ」

さんざん、あちこち千夏に探し回らせたあとで、おじいちゃんはそう言うと頭を掻いた。

「あいつって？」

「来とったからねえ」

なくなった、なくなったと騒いでいたわりには、持って行かれたことは諦めるしかないと思っているようなのがおかしかった。

「おじいちゃんも行って、取り返してくる？」

そう、千夏がけしかけると、

「うん、まあ、それも考えにゃならんだろうねえ」

と、真面目な顔で答えた。

仙太郎おじいちゃんは九十一歳で亡くなった。死因は心不全と診断され、周りの誰もが大往生だと言った。家族と親戚だけのこぢんまりした葬儀が出され、お骨は四十九日に、千夏の祖母や曽祖母の眠る霊園のお墓に納められた。

「妻も娘もいるんだから、寂しくないね」

と、母が言った。妻も娘もいない世界で時折訪ねてくるリョウユーと交信しながら生きるよりもいいくらいだというようなことを父も言った。

それはもしかしたらそうかもしれないけれど、わたしは寂しいよ、と千夏は言った。

千夏がおじいちゃんの死をなかなか受け入れられなくてぼんやりしていたころに、父が、大岡昇平の『レイテ戦記』を貸してくれた。

「おじいちゃんがフィリピンに行ってたなら、もしかしたら、この本に出てくるかもしれないね」

と、父は言った。

「レイテ戦記？」

「うん、フィリピンでの激戦の記録を詳細に書いた戦記文学だ。その本を書いた人も、戦争に行ってたんだよ。レイテじゃなくて、別のところにいて、つかまって捕虜になってから、レイテ島の病院に入るんだけどね。『俘虜記』という本も書いている。この人は戦友のことを僚友と書いてる」

「リョウユー？」

「うん。戦友と書いてあるときもあるんだけど、僚友と書いてることが多い。お父さんも若いときに読んだよ。教科書に載ってたのもあったな」

読んでみるよ、と言って借りたものの、どこの部隊がどこに配属されてどんな戦いがあって何人死んだという詳細が書かれたその本は、千夏にはあまりおもしろいと思えなかった。けれど、本に出てくる地名は、どうしてだかとても心惹かれた。

サンペドロ湾
カタイサン半島
タクロバン
サンファニコ水道
サンホセ
マナガスナス
パロ
ラビラナン川
カトモン山

聞いたことのないエキゾチックな地名は、なぜだか高校生の耳に魅力的に響いた。この外国の地名のどこかに、おじいちゃんは行ったことがあるんだろうか。

タボンタボン
というのもあった。
キリン
ダギタン川

ディガホンガン
パロンポン
戦記はどうにも退屈だったので、近所の図書館で見つけた『ミンドロ島ふたたび』というエッセイ集のようなものと『靴の話』という短篇集を借りた。『ミンドロ島ふたたび』のはじめのほうには、昭和三十三年の一月に遺骨収集船「銀河丸」が出港したと書いてあった。戦後、厚生省引揚援護局がはじめて出す船だったという。

おーい、みんな、
伊藤、真藤、荒井、厨川、市木、平山、それからもう一人の伊藤、
そのほか名前を忘れてしまったが、サンホセで死んだ仲間達、
西矢中隊長殿、井上小隊長殿、小笠原軍曹殿、野辺軍曹殿、
練習船「銀河丸」が、みんなの骨を集めに、今日東京を出たことを報告します。
あれから十三年経った今日でも、桟橋で泣いていた女達がいたことを報告します。
とっくの昔に骨になってしまったみんなのことを、まだ思っている人間がいるんだぞ。
あの山の中、土の下、藪の中の、みんなの骨まで、行くことは出来そうもないが、
とにかくサンホセではお祭りが行われる。

仕事があって「銀河丸」に乗ることができなかった著者が、書きつけたという「詩のようなもの」に千夏は目を止めた。そこにはさらに、こんなふうに書いてあった。

なさけないことは、ほかにもたくさんあるんです。
誰も僕の気持を察してくれない。
なさけない気持で、僕はやっぱり生きている。
わかって貰えるのは、みんなだけなんだと、こん日この時わかったんだ。
しかしみんなは今は土の中、藪の中で、バラバラの、
骨にすぎない。骨には耳はないから
聞えはしないし、よし聞えたって、
口がないから、「わかったよ」と
いってもらうわけにも行かない。
しかしとにかく今夜この場で、机の前に坐り、
大粒の涙をぽたぽたこぼし、
みんなに聞いて貰いたい、
…………

おじいちゃんが、南の島から訪ねてくるリョウユーに会っていたのかどうか、ほんとうのところは謎だけれど、千夏はそうだったのではないかと想像するようになった。おじいちゃんは「誰も僕の気持を察してくれない」と思って、「なさけない気持」で、「やっぱり生きてい」たのだろうか。「わかって貰えるのは、みんなだけなんだ」と、「みんなに聞いて貰いたい」と思って生きていただろうか。そうして、みんなは、おじいちゃんの晩年になってようやっと訪ねてきてくれたんだろうか。

たとえば、おじいちゃんが失くしてしまって、あんなに大騒ぎして探していたのは、「靴の話」に出てくるような、靴だったのではないか、とか。

その短篇には、駐屯中の部隊で靴の盗難が頻繁に起こったという話が書いてあった。兵士たちはひどく歩きにくい鮫皮のゴム底靴というのを支給されて、それを履きつぶしてフィリピンの山中を彷徨している。中には、敵の攻撃を受けて兵舎を捨てることになったときに倉庫から奪った新品の予備の靴を持っている者たちがいて、その予備靴がしょっちゅう盗まれるというのだった。「私」は、死んでいく兵士の枕元から一揃いの予備靴を盗む。死んだ人からだから貰うとか譲り受けるとも言えるけれども、生前に譲渡の約束があったわけではなくて、置いておけばほかの人のものになるに決まっているから取って自分のものにする。その瞬間から、「私」の靴が盗難対象になる。そんな話だった。予備靴を持っていたのに死んでしまった男がかかった病気はマラリアで、それは仙太郎おじいちゃんがフィリピンで罹患（りかん）したものと同じだったから、千夏にはこの話とおじいちゃんを結びつけやすかった。

「あいつが持って行った」のは、靴だったに違いないような気がしてきた。

ひどく丁寧な口調で、「奥さんには届かなかった」とかなんとか、誰かを慰めていたのも、手紙だとか小包みたいなものを、千夏は想像した。それは同じ短篇集に入っていた「出征」という一篇に、兵士に支給された飴玉やキャラメルや羊羹《ようかん》を、東京で別れてきた奥さんや子どもになんとかして送ろうとする話が書いてあったからだ。

千夏は短篇集の中でいちばん「出征」という話が好きになった。ほかの話は戦地の話だけれど、「出征」は、兵士が日本にいて、妻子と別れを告げて、南の島に行く船に乗るまでの物語だから、気持ちが入っていきやすかった。とくに、この特別支給の甘味品を、「私」が子どもに送ってやる話を何度も読んだ。飴の中には「変り玉」といって、舐《な》めていると舌の上で色が変わっていくものがあったと書いてあった。千夏はそれと同じものを、小さいとき青梅《おうめ》かどこかの駄菓子屋さんで買ってもらったことがあったので、それがそんなに昔から存在していたのだということにも驚いた。

東京に来たことがない奥さんが、二度と夫には会えないかもしれないと思って子どもたちを連れて必死で上京するのだが、不慣れなせいで列車に乗り遅れ、東京に着いても土地勘がないために要領を得ず、最後の面会にとうとう行くことができなかった。諦めて、こんなことなら妻子を呼ばなければよかった、余計なことをした、都会で迷わせてしまっただけだと、「私」は自分を責めることになる。ところが翌日、九段から炎天下の都心を行軍して辿り着いた品川で、下の男の子をおんぶし、上の女の子の手を引いた妻に、「私」は会うのだ。妻は、知らない東京でなんとか知人やその場に居合わせた人々を頼って、部隊が品川に向かったことを聞き出し、同じ目的で品川に向かう別の兵士の母親にくっついて、とうとう夫の居所を突き止めたのだった。

　思いがけない再会の後の行軍中に、夫はうっかり水筒の水をこぼしてしまって、「こぼれてる、こぼれてる」と歩道を歩いてついてきた妻が言う、その場面がなぜだか千夏は好きだった。もうこれで最後になるかもしれないのだから、そんな日常的な会話をしなくてもと思うけれど、実際、その場に居合わせたら、千夏も「こぼれてる、こぼれてる」と言うだろう。品川で別れて、兵士たちは軍用列車に乗って門司《もじ》へ行き、そこから船に乗って南の島に渡って行ったのだったが、道中食べるようにと支給された甘味品を、「私」はどうにか人に頼んで、門司から妻子に送るのである。

　もしこの「私」と同じように、昭和十九年に出征したとするならば、おじいちゃんはようやく二十一歳だった。妻も子どももいなかっただろうし、おそらく恋人もいなかったんじゃないだろうか。そうすると、見送りのようなものがあるとして、それには仙太郎おじいちゃんのお母さんが行ったのだろうか。おじいちゃんは甘味品を家族に送っただろうか。それとも、二十歳そこそこの若者にとっては、キャラメルや飴玉はだいじに自分のものにしておきたいものだっただろうか。

　そんなことばかり考えていたせいか、千夏には、あるときからおじいちゃんのリョウユーが見えるようになった。

　それは『靴の話』の表紙に描いてあったような、カーキ色の軍服を着て背中に水筒をつるし、銃を横向きに持っている兵士の姿だ。たとえば、夏のとても暑い日に、ペットボトルの水を飲んでいる千夏の横なんかに、その人はあらわれる。おそらくは「捉まるまで」という一篇に出てくる、喉の渇きの話が印象的だったせいだ。隣で立っている兵士は、もしかしたら、若い日のおじいちゃんかもしれないと思って、

「飲む？」

　と、ボトルを差し出すといなくなってしまう。

　おじいちゃんのお墓参りに出かけたときも、そのかっこうをした人が横に立っているような気がした。

「あんまりヘンなこと言わないでよ」

　と、母は少し怒ったように言う。

「おじいちゃんのリョウユーがお墓参りに来てくれたんだと思う」

「なに、言ってんのよ。死んでる人同士なら、あの世で再会してるはずじゃないの。気

持ち悪いこと言わないで」

「気持ち悪いかなあ」

「気持ち悪いわよ。ねえ」

ねえ、と聞かれても、夫がはっきり答えなかったので、矛先は娘から夫に向かった。

「お父さんがヘンな本勧めるからじゃないの。そんな兵隊の亡霊見るなんて、健全な二十一世紀の高校生のすることじゃないわよ。千夏はまだ若くて感受性が鋭いんだから、そういう刺激の強いのは早いのよ」

「だって、教科書に載ってるようなのだよ」

「お父さんが高校生のときの教科書でしょ」

「いまは載ってないのかな」

「うちの教科書には載ってない」

「教科書会社によるんじゃないかな」

「違うわよ。きっと載せなくなったのよ。いまの子には刺激が強すぎるのよ。どうすんのよ、おじいちゃんがジンニク食べてるところが見えるとかって、この子が言い出したら」

「ジンニク?」

千夏が問いかけると、はっとした顔をして、母はぴったりと口を閉じた。

父は眉を上下させて、

「どっちが刺激強いんだか」

と言った。

この時点では、千夏はまだ『野火』を読んでいなかったのだが、結局、これも図書館で借りて読むことになった。

おじいちゃんが生きているうちに、もっと話を聞いておけばよかったと思うものの、あの状態の人に聞ける話など限られている。だいいち、リョウユーについては、それなりに話を聞こうとしたではないかと、千夏は自分を慰める。

母が亡霊と呼び、おじいちゃんがリョウユーと呼んだものたちが、本当にこの世にあらわれているのかどうか、問い詰められると千夏にも自信がない。死んだおじいちゃんの若き日の姿なのか、あるいはおじいちゃんを訪ねてきていたリョウユーたちの一人なのか、まったく関係がないのかもよくわからない。

「そんなに亡霊がいっぱいいるなら、この世は死んだ人たちで埋まっちゃうじゃないの」

母は言い放ち、いいかげんにその、「リョウユーが来てるごっこ」はやめてちょうだいと釘を刺した。

母に止められるまでもなく、千夏のリョウユー騒ぎは少し時間が経つと落ち着いた。

母が言うところの「亡霊」は、「健全な二十一世紀の高校生」の生活から次第に遠ざかっていった。それは、おじいちゃんを思い出すことが少なくなることを意味してはいたけれども、彼がひ孫の胸からいなくなってしまったわけではない。

今年の四月から大学生になった千夏は、いまもときどき、ぼんやりとおじいちゃんのことを考えている。

夏休みに、千夏は初めて友達同士でサイパンに行った。マイクロ・ビーチで寝っ転がったり、ダイビングに挑戦したりした。バンザイクリフを見た。あちこちに日本軍の遺したものがあった。濃い青い空を映して碧色《みどり》に広がる海を、二十一歳のおじいちゃんはフィリピンで見たのだろうか。それともフィリピンの海とサイパンの海は、うんと違うんだろうか。そんなことを考えていたら、友達がココナッジュースを買ってきてくれた。ココナッツの味が、あんまり好きではないと思っていたのに、熱い太陽の下で飲むフルーツジュースは、とても美味しかった。

そして、東京に帰ってきて秋を迎えたころに、千夏は渋谷の駅頭で奇妙な人を見た。

その人は、紛れもなく、おじいちゃんのリョウユーと同じ服を着ていた。ただし、違うのは、リョウユーたちがぼろぼろの服を着ているのに対して、街頭のその男は新品を着ていたという点だ。

男はまだ若くて、きれいな顔だちをしていたけれど、色白で戦闘服があまり似合っていなかった。駅頭を行きかう人々はほとんど足も止めず、注意を払うこともないようにも見えたけれども、熱心に男の話を聞いている人たちが、雑踏に押されようとも頑固に動かず、男の周りを取り囲むように立っていた。そうして熱心に聞いている人たちは、手に手に日の丸の旗と、やはり太陽をあしらって放射状の光をデザインした旗を持っていた。

男は怒ったみたいな口調で、この国には外国人がものすごくたくさんいて、その人たちはみな戦争になればゲリラとしてこの国で個別に蜂起して、日本人を殺すテロを始めるので、そうならないうちに、いますぐ彼らをこの国から追い出さなければ、国が守れないのだと話していた。日本を守るとか、こんなことで守れますかとか、男はここで拍手して欲しいというところで拳を挙げて息をつき、取り囲んで旗を持っている人たちは、そうだと怒鳴ったり、無言で拍手をしたり、旗を振ったりしていた。

もしかしてここに、おじいちゃんのリョウユーが来ているだろうかと思って、周囲を見てみたが、そうした気配はなかった。実際、なんだかその男とリョウユーは、ものすごく違う者だった。千夏は背伸びして、マイクを握った男が履いているのがどんな靴なのかを見てみた。迷彩柄のスニーカーを男は履いていた。

千夏が立ち止まったのを見て、長い髪にワンピースを着た女性が近づいてきて、チラシのようなものを握らせた。「強い日本を、闘う日本を、私たちの手で！」と書いてあった。

それ以来、千夏は、これに似た光景や言説にしばしば出くわすようになった。おじいちゃんのリョウユーと違って、こちらは誰の目にも見えるし、現実にそこにあるものだけれど、見かけるたびに「亡霊」という、母の使っていた言葉が千夏の脳裏をよぎる。亡霊は増殖して、リョウユーを凌駕《りょうが》していくように感じられる。

つい先日、千夏は、アルバイトの面接のために初めて訪れた町で、おじいちゃんがお風呂でくちずさんでいた歌を集団で歌いながら歩いている幼稚園児を見かけた。聞いたことのあるメロディだなと思い、それが小さい子の合唱で響いているのに強烈な違和感を覚えて振り向くと、きりっとしたまとめ髪をした若い女の先生に引率された、そろいのスモックを着た園児たちが、小さな口をぱくぱくさせていた。

ゴシャクノイノチヒッサゲテクニノダイジニジュンズルハワレラガクトノ
気味の悪いものを見たように思い、家に帰ってからインターネットで検索すると、園児たちが並んでいくつもの軍歌を披露する映像が出てきた。紺の制服を着て整列する園児たちの奥には、例のごとく戦闘服を着た大人が写っていたが、太って腹の出た二人の男性のカーキ色の服の足元までは、その映像では見ることができなかった。

もうすぐ、おじいちゃんの三回忌があるというので、母は重い腰を上げておじいちゃんの部屋の抜本的な整理をすることになり、千夏も手伝うことになった。おじいちゃんの服や、おじいちゃんの将棋の本や、おじいちゃんのあれやこれやが大量に捨てられることになった。

「あんた、おじいちゃんと仲良しだったんだから、好きなもの、もらっときなさい」

と母は言った。

そう言われても、たいして欲しいものもなかったが、折り畳みの将棋盤と、箱に入れた将棋の駒が残っていたので、千夏はそれを自分のものにした。大きくなったら教えてやると言っていたのに、千夏が大きくなったときには、おじいちゃんのほうが将棋を忘れてしまっていたので、結局教えてはもらえなかったのだけれど。

畳んだ盤を広げようとすると、一枚の便箋が舞って床に落ちた。

脳梗塞で動きにくくなった利き腕の右手で書いたのか、それとも動く左手で書いたのか。いつごろ書いたのか。将棋盤を広げていたころというなら、死ぬよりはずっと前のことだろうか。

ずいぶん震えていたけれども、それはまさしく仙太郎おじいちゃんの字だった。ちょっと意味が取れない気もしたが、千夏は大事に取っておくことにした。

便箋には鉛筆でこんなふうに書いてあった。

――自分が死んだら、僚友に足をやってください

第五話　キャンプ

マツモト夫人の隣に腰掛けていた老人は、一匹の小さな猿を連れていた。

「ペットは難しいのではないでしょうか」

初めてその姿を見たとき、マツモト夫人が控えめにそう話しかけた。すると、老人は狭い額の下にたわわに実らせた金色の眉毛を断固として中心に寄せるようにして抵抗した。

「そんなことはありませんよ。わたしはこのフィフィの分も渡航費を払いましたからね。契約は守ってもらわねばなりませんよ。わたしはフィフィを何がなんでも連れて行きますよ。ペットは家族ですからね。あなた、それはちょっと、認識不足ですよ」

フィフィと呼ばれた小さな猿は、老人の足元から膝、腕を駆け上るようにして肩に乗り、長い尾を老人の首にマフラーのように巻きつけると、何か言いたげにマツモト夫人の目を見た。薄い茶色、もっといえば金色に近いような瞳を向けて、少し首を傾《かし》げるその額には皺《しわ》があり、頬はこけていて、どこか哲学的な表情すら浮かべていた。

やがて、猿のフィフィは集団のお仲間であると、マツモト夫人も認めざるをえなくなった。このキャンプの居心地は、他と比較してそう悪いほうではなかったが、それでも集団で生活するのはらくなことではなかった。その中で、猿がキイキイ鳴いたりするかと思うと、マツモト夫人は泣きたい気持ちにとらわれたのだったが、存外に猿は静かで、撫でたり抱いたりしていると、気持ちのまぎれるところもあるので、彼女も老人のペットに目をつむることにした。

周囲には木陰一つなく、じりじりと太陽が照りつけるひび割れた大地の一角に、何千というテントが広がるこの地には、それぞれの理由があってここへたどり着いた人々が体を横たえている。

「猿を連れて逃げるのは珍しいことではなかったのですよ」

ある日、老人は話してくれた。

「一九四〇年のことですが、パリに住んでいたハンスとマルガレーテは、一匹の猿を連れて逃げたんです。ええ、六月のことです。『六月の嵐』ですよ。誰もがこぞってパリから逃げ出した。ナチスがやってきたんです」

「猿を連れて逃げたんですか？」

「ええ、一匹の猿をです」

自信満々に、老人は言った。

「それはまあ」

悠長なことでしたわ、という言葉が出そうになったのを、マツモト夫人は呑み込んだ。彼女もこのような生活に入って長かったから、それだけに、人々がほんとうに様々な事情でこうした日々を受け入れていることを知っていた。

しかし老人は、マツモト夫人の躊躇《ちゅうちょ》になど気づきもせずに、ハンスとマルガレーテの話をつづけた。

「ハンスとマルガレーテが幸運だったのは、彼らがブラジルのパスポートを持っていたことです。結婚したのがリオデジャネイロでしたからね。もう一つの幸運は、自転車屋に部品が残っていたことです。彼らが出発したのは、パリ市民がのきなみ逃げ出した日の翌日でしたから、自転車はすっかり売り切れていましたが、部品だけは買えたんですよ。ハンスは二台の自転車を組み立てて、夫妻は最小限の荷物とともに逃げることができたんです」

「猿もね」

「猿もです」

自転車を持っている人は、幸運だったかもしれない。たしかに一台の使える自転車がありさえしたら、子どもたちを歩かせなくてもよかったかもしれない。そう、マツモト夫人は考えた。赤ん坊の娘を背負い、下の子の手を引いていて、お兄ちゃんの手は引いてやれなかった。まだ小学校に入ったばかりだったのに。あの子の背にも重い荷物を背負わせて、わたしたちは家を後にしたのだと彼女は回想した。

もう一度、彼女は口にしそうになった言葉を呑み込んだ。

そう、誰かが自分より何かを余計に持っているからといって、羨《うらや》ましがっていたらきりがないのだ。それに、持っているということは、それだけ危険だと言うこともできる。仮に、わたしたちが自転車を一台持っていたとして、それが盗まれない保証がどこにあるというのだろう。夜寝るときも、自転車を自分の胴に括《くく》りつけて寝るとか、そんなことをしなければとても安心できなかったに違いない。

だいいち、わたしたちが自転車を所有することを、あの狡猾な団長が許すだろうか、とマツモト夫人は考える。

おくさん、このたびのじょうきょうはですね、われわれひとりびとりがちからをあわせんとですね、みがってはゆるされんわけでありますからね、このわれわれのにもつをはこぶしゅだんとしてのじてんしゃはですね、これはこうきょうのものとして、わたしがせきにんをもっておあずかりするいがいにですね、ただしいしようほうはないとおもわれますもんですからね。

「それでハンスとマルガレーテは、パリを逃れてどちらへ行ったんですの?」マッモト夫人は、腹立たしい連想から逃れるために老人に質問した。彼は猿を撫でながら答えた。

「ユダヤ人であるハンスとマルガレーテは、ヨーロッパを去らなければなりませんでした。最終的に目指した先はアメリカ合衆国でしたが、まずはブラジルに向かうことにしたのです。ハンスの組み立てた自転車はすばらしかった。いまでいう、なんと言いますか、水陸両用だったのです」

「水陸両用?」

「それでなければ、あなた、海のことをどうするんですか! 大陸の中だけでしたら車輪でなんとかなりますが、ブラジルまで行こうと思ったら、それじゃあ、お話にならない」

老人はばかにしたように目を閉じたり開いたりした。

「水陸両用の自転車で」

「そう。水陸両用の自転車で」

「猿といっしょに」

「そう。猿といっしょに」

老人は、当たり前ではないかと言いたげな鼻の鳴らし方をした。マツモト夫人は愉快ではなかった。夫がいっしょでないからといって、どうして誰もかれもがわたしをばかにするのだろう。そう考えると、母として子どもたちを守れなかった苦しい思い出がぶり返してきて自分を責めだした。こうして、誰にもかれにもばかにされるようなわたしだから、子どもたちがいなくなってしまったのだ。

マツモト夫人の顔つきが陰ったので、老人は少し見当はずれな同情をしたらしい。彼女の膝の上に、猿をそっと置いて、

「あなたの質問にお答えしている途中でした。ハンスとマルガレーテは、組み立てたばかりの自転車を漕いで漕いで漕いで、パリからまっすぐ南へと向かいました。オルレアンを通り、ボルドーを抜けてビアリッツへ。途中、牛小屋に泊めてもらったり、親切なお嬢さんに食べ物を恵んでもらったりしながらね」

そう言うと、マツモト夫人の手の甲を乾いた手で少し撫でた。

マツモト夫人は老人の顔をちらと見た。不思議なことに、そこには特別な表情が浮かんではいなかった。とてもシンプルな同情、質問への答えががっかりしている女性に対する慰めしか浮かんでいなかった。それは稀有《けう》なことと言わざるを得ない。マツモト夫人もあの日以来辛酸《しんさん》を嘗《な》めたために、男の親切や同情には下心があることを知っていたし、場合によってはそれを利用しなければならない必然に迫られることにも気づ

いていたのだった。だから、これまでに越えてきたいくつかの事柄を思い出して、また自分の内面に暗く閉じこもりそうになったが、閉じようとした耳に響いてきた「牛小屋に泊めてもらったり、親切なお嬢さんに食べ物を恵んでもらったり」というフレーズに、思わず涙腺が決壊したのはマツモト夫人としても誤算だった。

「どうなさいました？」

猿を飼っている老人は、マツモト夫人の手の甲にぽつりと涙がこぼれたのに驚いた。

「いいえ。なんでも」

ふいに、あのとき食べ物を分けてくれた、日本語の上手な白い服の女の子のことを思い出したのだったが、取り繕いながらマツモト夫人は老人の手を優しく押しやって、頰に流れた涙の筋を親指の付け根のあたりで拭いた。

「いろいろな土地の名前が出てきても、わたしは何も存じ上げないので恥ずかしいですわ」

誰しも似たような経験をするものだ、辛いことばかり思い出されるのではない、ときどき鮮やかによみがえるのは、誰かに親切にされた思い出なのだが、それがまた思い出になると辛かったことよりさらに深く傷を抉《えぐ》る感覚があって、あのときに嬉しそうにした子どもの笑顔なども強烈によみがえってきて、胸がどうしようもなく疼《うず》くことがあると言おうとして、彼女はそれも言わないことにした。そんなこと、ここにいれば誰にもわかりきったことだったし、それでもけっして誰とも共有できない個々の体験が渦のように一人一人の胸を覆っていて、いつ何がどんなふうに噴き出してくるかはまったくわからないのだ。

「ビアリッツの近くで二人は猛然と足に力を入れ、ピレネー山脈を越えてスペインに到達いたします」

いくつもの知らない地名は、語り手の口から出て聞き手の耳に入るころにはまったく違う地名に入れ替わった。

あの山越えは思い出したくもない。マツモト夫人の脳裏に、よろめきながら前を歩く二人の男の子たちの痩せた背中が浮かんできた。あの子たちは、休みたかったのに。少なくとも弟のほうは、休みたいと声を上げて泣いたのに。お母さん、抱っこしてと泣いたのに。おんなじくらい泣きたかったはずのお兄ちゃんは弟を慰めて手を引きさえした。もうわたしに寛容さと気力が残っていないのを知って、わたしの代わりに弟を保護しようとしたのだ。あの子はまだ小学校に上がったばっかりだったのに。

マツモト夫人は子どもたちの足のことを考えた。町を出てから歩き詰めに歩いて、足先に引っかけているものはもはや靴ではなかった。それでも何もないよりはましだろうと思って、自分の着ていた服を割いて紐を作り、あの子たちの足の甲にぼろ布と化した靴の残骸を縛りつけたのは自分だった。何度も取れて、歩きづらさに子どもたちは投げ出しそうになり、実際、お兄ちゃんのほうはすっかり脱いでしまうこともあったが、まだ小さいのに賢いあの子はそれが役に立つこともあるかと気づいて、なくさないようにズボンのベルト通しにしっかり結びつけた。弟のほうはわけもわからずに脱ぎ捨てようとして、母親に怒鳴られて泣いていた。泣いていたあの子を、その都度抱きしめてやればよかったのに。怒鳴りつけ、つかんで揺さぶり、あるときには頬を叩いたのだった。

「スペインからは汽車の旅でした」

老人は彼女の注意を引こうと、少し大きな声を出した。

「汽車ですって？」

「ええ」

それがどうした、という顔を老人はした。

「だってじゃあ、自転車はどうなさったの？」

「それは、あなた」

老人の顔に少し狡猾な表情が浮かんだ。そして何かを考えるような探るような、変な目を右に動かしたり左に動かしたりした。そして、つんと口を尖らせると、話の腰を折るなといわんばかりの横柄な態度で、

「折り畳んだに決まっている！」

と言った。

「折り畳んだ？」

「そうですよ。自作の自転車ですからね。そこのところは融通がきいたわけです。汽車に乗るときは折り畳んだ。そういうことですよ」

「その汽車に屋根はありましたの？」

自分でも頓狂に聞こえるとわかる奇妙に裏返った声で、彼女は質問した。

「なんの話なんです？　屋根と窓がありましたね」

「そうでしたの」

屋根があればね。

マツモト夫人はぐっと力を入れて唇を噛《か》んだ。

わたしたちにはなかった。まるで荷物のように、無蓋《むがい》列車に乗せられたのが最初の移動だった。大急ぎで荷物をまとめて駅に集まるように言われて、行ってみたら客車でもなんでもなく、石炭でも運ぶみたいな貨車に乗せられた。汽車ですって。汽車があったんですって。わたしたちにはなかった。そして、あの見知らぬ土地で貨車から降ろされて、その先は歩かなければならなかった。あの途方もない距離を、まともな食べ物も持たずに。きちんとした客車を持った汽車は、あのときすでにみんな出払っていた。いますぐ逃げなければ、ここから出ていかなければと気がついたときは、残された者たちが逃げ延びることなど微塵《みじん》も考えていなかった人たちによって、すっかり何もかも持ち去られた後だった。わたしたちはみんな、あらかじめぼろきれのように捨てられ、放り出されたのだ。

マッモト夫人は動悸が激しくなるのを感じた。

「すみません、とても興味深いお話ですけれど、わたし、のどが渇いてしまって。失礼して水をもらってきますわ。お差し支えなければいっしょに取ってきて差し上げますけれど」

マッモト夫人は優雅な笑顔を老人に向けて立ち上がった。

老人は少し考えてから、

「あなたがそうしたいなら」

と、答えた。

キャンプは善意の人々によって運営されていて、ボトルを持っていくと水が支給された。マッモト夫人は自分のものと例の老人のものと、二本のボトルを持って列に並んだ。列はどこにいってもあり、何をするにも並ばなければならなかった。

それでもこのキャンプは悪いほうではなく、並べば必要なものは手に入るのだった。ひび割れた大地の奥に太陽が沈むのが見えた。真っ赤な夕焼けが地平線を染めるのを見て、彼女は町を出る前の日の夕方を思い出した。

トウモロコシ畑の奥に茜空《あかね》が見えた。それは北の国の短い夏の名残り惜しい太陽の残照だったから、思わず心が和《なご》んでほっとして、西の空を飽かず眺めたのだった。一面のトウモロコシ畑は、家から南へ少し下った先に流れている川の向こうにあった。畑の中の一本道が学校に続いていたので、長男を迎えに出た帰りの、夕食の支度にとりかかるまでのわずかな時間に、子どもたちといっしょに川のほうまで歩いてみた。背に娘を負ぶっていて、上の二人の男の子は前を歩いていた。少し駆けては止まって振り返り、母の姿を見ると安心してまた二人で走り出した。川べりの道でシロツメクサを摘んで、歌を歌いながら散歩した。トウモロコシ畑の奥に溶けるように夕日が沈んだ。

暮らしていた町は大都会ではなかったけれど、比較的頻繁に通っている電車に乗れば数十分で大きな町に行くことができた。夫のマツモト氏は、通勤電車に乗って毎日大きな町に通い、夫人は家で家事をしたり、ときどきは町の役所のある建物の一室を借りて、近所の女たちに裁縫を教えたりして暮らしていた。

上の男の子が小学校に上がって、誇らしげに通う姿がいとおしかった。下の子は、幼稚園にもまだ行かないで、ぐずぐず母親にまつわりついていた。小さな娘がおなかにいた間も、裁縫教室は休まず続けた。生まれてすぐは休みをもらって、家で過ごした。産後の妻の体を気遣って、夫は仕事を定時に切り上げてまっすぐ帰ってきた。赤ちゃんの世話に来てくれるお手伝いさんもいたけれど、初めての女の子はやはり特別で、いくつも娘のために産着《うぶぎ》を縫った。産着どころか、かわいいワンピースだって縫ってやった。まだ首も据わらないのにとみんなが笑った。この子が立ったら着せよう、歩いたら着せようと思うと縫い物をする手が止まらなくなった。夫は大きな町できれいな布を買って帰った。

男の子たちは不満そうにもしないで、小さな妹がやってきたことをとても喜んでくれた。大きいお兄ちゃんと小さいお兄ちゃんは、交互に妹を抱きたがった。抱かせているほうがよっぽどおそろしい、自分で抱いていたほうがずっと楽だとお手伝いさんが言ったのを思い出す。小さな乱暴者たちは、それでも妹を抱くときだけは神妙にして、お姫様を扱うようにだいじにしたものだった。

家は、町のいちばんにぎやかな通りから一本入った路地にあった。清潔な石畳と塀が続いていて、子どもが駆け回ったり、老人が椅子を出して日向《ひなた》ぼっこをしたり、果物を干した籠が並んでいたり、女同士が立ったまま話し込んで止まらなくなったりする、世界中どこにでもあるような、のどかな路地だった。塀にぱっくりと開いた入り口を、少し背をかがめてくぐるようにして敷地の中に入ると、庭に一本きれいに立つ林檎《りんご》の木があった。

寒い土地ではあったけれど、あそこで育つ林檎の味はまた格別で、甘さも酸っぱさもすべてが濃く、赤い実の色を思い出すだけで口の中が潤ってくる。冬には庭の実をもいで焼林檎を作った。大人も子どもも競うようにして食べた。つややかなカラメルをまとった甘酸っぱく香ばしい林檎のお菓子のおいしかったこと。

春が訪れたことを知らせてくれるのも林檎の白い花だった。春と夏はいっしょに来るような短さだったが、雪で覆われた枯れ木ばかりの色彩のない季節の後に、神様が戯れに絵具を投げたような華やかな風景が立ち現れた。タンポポ、ナズナ、スミレ、カタバミ、リンドウ、コスモスやヒガンバナまでが、いま咲かなければ種を運べないとばかりに慌ただしく咲き乱れる。そう、夏はいちばんいい季節だったのだ。

暮れ方の淡い光の中をはしゃいで歩く子どもたちは、昨日のような明日が来ると微塵も疑っていなかったし、食べ物だって贅沢にあった。あの日を境にすべてが変わるとは思っていなかった。

せめて夫がそばにいてくれたらと、マツモト夫人は何度も思った。でも、あの日、彼はいなかった。ほんの数日前に令状が届いて、家族から引き離されてしまったのだ。

「心配することはない」

夫はマツモト夫人の頭を抱いて言った。

「子どもたちをよろしく頼む」

あの人はそう言って、行ってしまったのだ。あの人さえいてくれたらこんなことにはならなかったのだろうか。結局、わたしは彼の期待にも応えられずに、こんなところでこうして。マツモト夫人は息が苦しくなるのを感じた。

「どうぞ」

ふいに耳元でそう言われて、彼女はびっくりして声の主を見た。

まだ若い、二十代の半ばくらいだろうか、濃い色の髪と目をした青年だった。彫《ほり》の深い、異国の人らしい顔だちをしていた。

そうだった、わたし、お水をもらう列に並んでいたんだっけ。

夫人は二本のボトルをその若い男に差し出した。男はゴムホースからボトルに水を注いだ。

「蓋はきっちり閉めておきましたよ。ちょっと重いから気をつけてください」

男は感じのいい笑顔を見せた。夫人は少しほっとした気持ちになった。

このキャンプは悪くない。

ここにたどりついてから、何度もそう思っている。だって、これまでいた場所には若い男なんていなかった。若くなたって、壮年というほどの年齢なら、もう召集されてしまっていた。若い男がいるからいいとか悪いとかいう話ではなくて、あの集団が嫌だったのは、そもそもの初めから捨てられたものだけが寄り集まっているような饐《す》えた空気のせいだったことを、彼女は思い出した。自動的に、大嫌いな団長の顔を思い出した。忘れてしまえばいいのに、いまでもくっきり覚えている。あの顔も、あの口調も。

顔色のよくない五十がらみの男性で、男で団に残ったのはこんな人か息子たちのような子どもばかりだった。団長は嫌な咳をする人で、あまり近寄りたくなかった。とりわけ嫌なのは、手ぬぐいや手のひらで口を覆うこともせずに、わざとそのへんにまき散らすように咳をすることだった。いや、とりわけ嫌だったことといえば、もっとたくさんあったはずだけれど、あの咳ほどいらいらさせられたものは、いま思い出すと、ないような気持ちになってくるのだった。

あれは、病気を他人に移そうという意図があってのことだと、マツモト夫人は唇を噛みながら思った。とても不愉快だし危険なので、彼が咳込むサインを見せたらすぐに息子の口を覆い、自分自身も顔をそむけるようにしていたし、それができる場合には、大股で走って逃げることさえした。最初のうちは遠慮がちにやっていたけれど、途中からは大胆になった。あっちが愉快でなかろうと知ったことではなかった。お互いに、嫌でも顔を合わせないわけにはいかなかったのだ。

これからさきはわれわれはいちれんたくしょう、うんめいきょうどうたいというわけですからね、なかよくやってゆかんことにはですね、おのおのがじぶんたちさえよければというかんがえではいかんわけでありますからね、われわれは団としてしゅうだんこうどうをとりますからにはですね、かねであるとかしょくりょうであるとかふとんであるとかそうしたものは、いったんわたしがあずかりましてですね。

そう言って、団長はみんなからいろいろと集めて回った。団の人全部に食糧が行き渡るように配分しなければならないと言うけれど、彼が自分とその家族のためにみんなの食糧を少しずつ横領していることを知らないものなどいなかった。

こどもはね、おくさん、こどもはね、おたくのこどもさんは、まあ、ひとりでまだはんにんぶんとけいさんしましてもね、まだいいほうというか、団のみなさんのなかにはね、ふびょうどうをかんじうるひともいるわけでありましてですね、なにかといいますと、ちのみごというのは、どういったらいいか、こめやまめを、はんにんぶんたりともくわないわけでありますからね。

では乳呑み児は何も食べないのかといったらそんなことはなくて、娘は乳を飲んだのであるし、それではマツモト夫人から乳がじゅうぶんに出たかといえば、それはちっとも出なかったのだった。だから、まだ乳以外のものを摂取することのできない娘に、マツモト夫人は雑穀の雑炊の上澄みとか、大豆の粉を水で溶いたものなどを与えるしかなく、それだって、自分や息子たちのぶんを少しずつ削ってあてがう形になるのだから、「不平等を感じうる」のは絶対にわたしのほうだと彼女は思っていた。

それでも団長の指示に従わないわけにいかなかったのは、結局そこに留まっている団の命運を彼が握っていたからだ。国境に関する情報を握っているのは彼で、いつまでにどこに行けばそれを越えることができるのか、それまでどこにいれば安全なのか、そのときに必要になるお金やさまざまなもの、書類の準備の仕方など、あらゆることは団長に知らされた。それをよいことに、団長は集団生活に必要なお金や何かだけでなく、なにやかやと細かく要求するようになって、マツモト夫人を困らせた。

娘は何日も前から下痢が続いていた。まだ母親の乳しか受けつけないはずの赤ん坊に、大豆の粉だの雑穀粥だのをむりやり啜《すす》らせていたのだから、それは仕方のないことだった。もともと緩い新生児の便とは違う、嫌な臭いのする黄色い水が絶えず襁褓《むつき》を濡らしていた。何度となく川に洗濯に行かなければならなかったが、そうこうしているうちに北国の短い夏は終わって、川の水に手を浸すと切りつけられたように皮膚が痛んだ。あの朝、娘が息をしていないことに気づいたとき、彼女の胸に最初にこみ上げたのは怒りだった。誰が娘の命を取り上げた。娘に乳を飲ませなかったのは誰だ。猛然と、マツモト夫人は団長のテントに怒鳴りこんだ。そうする以外に、どうしたらいいかわからなかったからだ。もう耐えられない。いい加減にしてちょうだい。

踏み込まれた団長と、長い顔をしたその妻と、長い顔がそっくり遺伝した娘の三人は、被害者然とした面持ちでマツモト夫人を見つめた。

なにごとですか、おくさん。わたしどもがなにをしたというんですか、おくさん。たえられないのはわたしどももおんなじですよ、おくさん。まったく、まったく、わたしどもはみんなおんなじきもちです。なに、おこさんがなくなったですか。ななもとさんのおたくもせんじつね。まことにまことにごしゅうしょうさまです。

あなたがこの子のぶんの食糧を寄こさなかったせいで、と言おうとしてマツモト夫人は自分の声がうまく出ないのに気づいた。

叫びとも泣き声ともつかぬ音が、喉から出て行った。

「お泣きなさいな。ぜひともね」

長い顔の団長夫人はそう言って、マツモト夫人の頭を抱き寄せた。なんであんたなんかに寄りかかるものか、わたしの娘のぶんの米をこっそり食って、そうやってあんたも娘も顔をへちまみたいに長く育てているくせに。おまえの夫がわたしになにをしようとしたのか知っているのか。この場で全部ぶちまけてやろうか。おまえにわたしを慰める権利なんかないんだよ。そう、マツモト夫人は心の中で怒鳴ってやったが、やはり言葉にならなかった。

「わたしたちみんな、どうしてこんなことに」

へちま顔の娘のほうも寄ってきて、二人でマツモト夫人を抱え込むようにしてもらい泣きを始めた。正直、心の底からうっとうしかったが、振り払う力がなかった。怒鳴る気力も声も失って、彼女は座り込んで泣いた。

母親がいないことに気づいた息子たちが、血相を変えて走ってきた。小さな息子たちはたちまち異変を察した。

兄のほうは顔を真っ青にして口を利かなくなった。弟のほうはひきつけを起こしたように泣きじゃくり始めた。あんまり長いことそれが続いたので、うんざりしたへちまの母親が、へちまの娘に向かって長い顎《あご》をしゃくってみせた。

「しょうがないから、氷砂糖でも少しわけておやり」

団長は、よけいなことをするなと言わんばかりのしかめっ面を女房に向けた。自分たちがそれを隠し持っていることを人に知られたくなかったのだろう。でも、へちま娘は母親の言うことをきいて、奥から氷砂糖を二粒出してきて、息子たちに一粒ずつ握らせた。ひきつけを起こしたように泣いていた次男はびっくりして泣き止み、兄は心配そうに母親を見た。

息子の顔を見て、マツモト夫人はいったん崩壊しかけた自分自身を取り戻した。一人死んでも、二人残っている。わたしはこの子どもたちを死なせるわけにはいかない。彼女は息子たちの目を見てしっかりうなずいた。もらえるものはもらっておかなければならないし、それが同じ団のスギハラさんが盗まれたと言っていた氷砂糖であることは見当がついたけれども、これは黙っておくことで有利に何かが展開する場面もあるかもしれないとマツモト夫人は思った。そして、二人の息子を促して団長のテントを離れた。

そんなことを思い出しながら、ボトルを抱えて歩いていたら、もといた場所に戻ってきていた。待ちくたびれたというわけでもないだろうが、猿といっしょの老人は自分のテントに戻ってしまったようだった。もしかしたら眠っているかもしれないし、いますぐ水がほしいなら表で待っているだろう、少し休んでから持っていってあげよう、そう、マツモト夫人は考えた。

そして自分のテントの前にビニールシートを敷いて腰を下ろした。スカートのポケットから折り畳んだ紙コップを取り出して形を整え、ボトルからそこに水を注ぎ、口に運んだ。渇いていた体に潤いが染み渡る感覚があった。日はもうすっかり沈み、昼間のような暑さは引いていた。

そこここに、ろうそくの灯りが点《とも》った。もうあと一時間もすれば食事の時間になって、スープや豆や野菜のために、もう一度長い列に並ばなければならない。それでもこのキャンプが悪くないのは、並べば必ず温かいものにありつけることだ……。

向こうのほうからミュンが歩いてきて手を振るのが見えた。このキャンプに来てから仲良くなった、アジア系の女性だった。彼女は娘を抱いていた。ここにたどりつくまでの間に、自分の本当の娘とは、生き別れになったのだそうだ。最初のうちは、同じくらいの年の女の子を見るのが辛かったが、いまは世話をするのが楽しいのだと言って、キャンプのあちこちの赤ん坊の面倒を見ている。彼女のテントはマツモト夫人のものと目と鼻の先にあるが、昼間はちょっとした保育所みたいになった。

「よく寝てるから、起こさないようにそっと抱いてきたの」

そうミュンは言って、隣に座り込んだ。

「食事の時間になったら、わたし、あなたの分もスープをいっしょにもらってきてあげる。わたし、この子がいちばん好き。だってちょっとわたしに似てるんだもの」

そういえば少し似ているような気が、マツモト夫人もした。アジア人らしい一重の目や低い鼻、きめ細かい肌の、その色味もよく似ている。

「あの人のお水をとってきてあげたのよ。あの、猿を連れているおじいさん」

ミュンが傍らの水のボトルを不思議そうに見たので、夫人は説明した。猿を連れて逃げたヨーロッパの夫妻の話を延々とするから、話の腰を折るためにボトルを取り上げたのだと。

「知ってる。ハンスとマルガレーテでしょう?」

ミュンは肩をそびやかした。

「あなたも聞かされたの?」

「あのおじいさん、その話しかしないわ。だけど、あれはほんとの話じゃないのよ」

「ほんとの話じゃないの?」

「ハンスとマルガレーテは、猿といっしょに自転車で逃げたりしてないのよ」

「作り話なの？」

「さあ。作っているのか、信じ込んでいるのかまではわからないわ。ハンスとマルガレーテがかつて猿を飼っていたのは確かよ。リオデジャネイロで結婚した二人は、二匹のマーモセットを連れてヨーロッパに渡ろうとしたの。でも、あまりの寒さに、猿たちは耐えられなかったの。ヨーロッパで戦争が始まるよりずっと前の話よ。船の中で、猿たちは死んでしまったのよ」

ミュンの顔が曇ったのを、マツモト夫人は認めた。船の話や海の話を、ミュンはあまりしたくなかったかもしれないと、夫人は気づいた。ここに来ている人々には、それぞれあまりしたくない話がある。

ミュンの乗った船は二十メートルにも満たない小舟で、乗っていたのは三百人だったと、何かのおりにぽつんと話してくれたことがあった。立っているのが精いっぱいの舟、漂流に近い、四方に水しかない日々を破ったのは、近づいてきた海賊船だった。海賊は乗っていた人々を峻別した。欲しい人間を海賊船に拉致《らち》し、そうでないのを小舟に残し、抵抗した者たちを海に突き落とした。ミュンは海賊船に引き上げられ、娘は小舟に残された。娘がその後どうなったのか、ミュンにはわからない。ミュン自身がその後どうなったのか、どんな経緯でここにたどりついたのかを、彼女は語らない。

「自転車で大西洋を渡ったとか、言ってなかった？」

ミュンはできるだけ明るい表情を作り、思い出したことを頭から振り落とすように、後ろに垂らした黒いおさげを揺らしながらそう言った。

「そう。自作した自転車で、ヨーロッパからリオデジャネイロまで」

「そんなことあるわけないでしょう。ハンスとマルガレーテはフランスのどこかの町で自転車を降り、鉄道に乗り換えてスペインとポルトガルを通過し、船でブラジルに渡り、そこからも大きな船でアメリカに行ったのよ」

「よく知ってるわねえ、ミュン」

「おじいさんがあんまり何度もその話をするから、わたし、赤ちゃんのいる若い夫婦のところに行って聞いてみたの。夫のほうが、故郷では大学の講師をしていたというインテリで、聞けばどんなことでもたちどころにこたえてくれるの。ハンスとマルガレーテは画家で、絵本をたくさん出しているんだって。夫婦がヨーロッパからアメリカに逃れる長い旅の間ずっといっしょにいた猿は本物じゃあないの。フィフィという名前の、絵本の主人公なの」

「絵本の主人公？」

「そう。いたずら坊主の猿のフィフィが大冒険する話だそうよ」

「じゃあ、絵本を持って旅をしてたってこと？」

「そう。絵本の、なんていうのかしら、原画？　まだ出版される前のものを、だいじに抱えて旅をしたらしいわ」

「生きてる猿じゃなかったのね」

「そうね。でも、画家の夫妻にとっては、描いた猿もわが子のようなものだったのかもしれないわね」

「昔飼っていた猿をモデルにしたんでしょうね」

「そう。そしてフィフィは、アメリカで出版されたときに名前を変えたそうよ」

「フィフィじゃなくなったの？」

「ジョージっていう名前になったの。おさるのジョージ」

ミュンはぐずり始めた娘を少しゆすってあやした。

「あら、お目目が覚めたの。おなかがすいたんでしょうねえ」

マツモト夫人は優しい目で娘を見た。そうだ、おなかがすいたのだ。今度こそ、じゅうぶんに飲ませてやらなければならない。

「ミルクはまだあるの？」

ミュンがそうたずねた。

「ええ。少し作ってくるわ」

マツモト夫人は答えた。

「じゃあ、わたし、食事をもらってくるわね」

夕食の準備ができたことを知らせるサイレンをきいて、ミュンは立ち上がった。

「ついでにこのお水を、おじいさんのテントに届けてくれる?」

「いいわよ。またあとでね、おチビさん」

ミュンは小さな娘の頰を撫でて、むずかる娘をあずけて寄こし、老人のボトルと配給用の容器を抱えて立ち去った。マツモト夫人は小さな娘を左腕でしっかり抱いて立ち上がり、テントに入った。

このキャンプでは、物資が足りないということはない。長い列に並んだり、待たされたりすることはあるけれど、必要な分が支給される。キャンプにやってくる人は増え続けているが、配給が途絶えることはない。

鍋にボトルから水を移し、コンロの火にかけて少し温めた。哺乳瓶にひと肌ほどの湯を入れて粉ミルクを振り入れ、栓をきつく締めてからゆっくり回すように振る。あまり激しく振ると泡ばかり出てしまうから慎重に。粉ミルクはとても溶けやすくて扱いやすい。小さな手を前に出したり引っ込めたりして、乳を欲しがって泣いている娘の口に哺乳瓶の乳首をあてがうと、赤ん坊は勢いよく吸い出した。たっぷり乳があり、満足するだけ吸わせてやれるのは、せめてもの慰みではある。

このキャンプで娘と再会した。娘は先に来て、待っていたのだった。痩せ細った娘を腕に抱くと、娘は小さな両手で母親の胸を押そうとした。母の胸もすっかり痩せてしまっていたのだけれど。

「たくさんおあがり」

マツモト夫人は娘の額を撫でた。娘は夢中で哺乳瓶の中のミルクを吸っている。夫人はまた、もの思いにふけった。二人の男の子たちのことを考えたからだ。

キャンプにも男の子たちがいて、ときおり駆け回っているのを見ることもある。たまに、一人きりで立ちすくんでいる子を見かけて、動悸が激しくなるのを感じることもある。いったいあの子たちはどこでどうしているのだろう。二人いっしょにいることができただろうか、つらい目を見てはいないだろうかと、つい考えてしまうからだ。一人きりで立っているその異国の子どもに駆け寄って話しかけてみても、虚ろな目の子どもはしきりに知らない言葉をつぶやくばかりで、自分など役には立たないのだとマツモト夫人はあるとき気づいた。いつのまにか、キャンプの運営をしているグループの誰かが子どもを引き取って連れていく。おそらくは子どもたちの言葉に通じた人が、まず世話をすることになっているのだろう。

マツモト夫人が子どもたちと別れたのは、山を下りてもう少しで国境を越えるというあたりだった。その境を越えさえすれば、船に乗ることができる。船に乗りさえすれば、迎え入れてくれる地がある。だからともかくこの国境を無事に、二人の子どもたちといっしょに越えなければ。それだけを願っていた矢先、夜中に彼らがやってきた。

大男たちが彼女を押さえつけたとき、マツモト夫人は声をあげなかった。自分がどんなことになっても、殺されさえしなければかまわないと思ったからだ。けれど、蛮行に加わらずにいた一人の男が、部屋の隅で怒りに震え動物のように目を光らせている上の息子に目をつけ、髭の下のくちびるを満足げにゆがませたとき、彼女は母親の直観で何が起こるのかを察知した。そして渾身《こんしん》の力を振り絞って大男たちの腕を振りほどき、台所に駆け込んで包丁をつかんだ。

息子に覆いかぶさっているその髭面の男の背中に、包丁を柄の部分まで深く突き立てた。獣の吠えるような声が、四方から聞こえた。大男たちが駆け寄ってきた。

マツモト夫人はおぞましい記憶を振り払おうと目をつぶって頭を振った。あのとき、どうすればよかったのか、いま考えてもわからない。結局わたしは自分の息子を守ることができたのだろうか。

母親の硬直が伝わったせいで娘が泣き出した。マツモト夫人はしっかり娘を抱きなおし、口から離れた哺乳瓶を置いて外に出た。ありがたいことに、夜の戸外は寒くはなかった。母親の胸の鼓動を聞かせながら、穏やかな風の中でゆすってやると、おなかがいっぱいになった娘は機嫌を直して、笑うように口を開けた。

このままいつまでこのキャンプにいることになるのか、マツモト夫人にはわからなかった。残してきたものへの執着が消え、心の傷が癒えると、次の目的地へ向かう船に乗ることになるのだと聞いたけれど、それがどういうことなのかも、彼女にはよくわからなかった。

あちこちで揺れるろうそくの光の中から、足音が近づいてきて、ミュンが戻ってきたのがわかった。温かい具沢山のスープと豆の炊き込まれた米が、キャンプで支給された容器にたっぷり入っていた。マツモト夫人は毛布をとってきて娘を寝かせ、ミュンといっしょにシートの上に座って食事をとった。

「また新しい人たちが来た」

と、ミュンが言った。

キャンプには毎日、夜といわず昼といわず、新しい人たちがやってきた。人数はどんどん増えていく。もちろん、次の場所へ渡っていく人々もいるけれど、このごろでは新参者の人数がかなりの割合で凌駕《りょうが》していた。新しい人たちは隊列を作るようにして歩いてこの地にやってくる。その中から、長いスカートを穿《は》いて髪にヴェールをかぶった女がひとり、転がり出るようにしてミュンとマツモト夫人に近づいた。

炊き出しのスープを手にしていた二人は、とっさに反応できずに凍りついた。女は毛布の上でまどろみかけていた娘を抱き上げたのだ。娘はびっくりして泣き出した。ミュンはあわてて容器を脇に置き立ち上がった。女は何かしゃべりだしたが、何を言っているのかまったくわからなかった。ミュンが、その子を放しなさいと言っても、聞こえていないようだった。

「まだ、わたしたちの言葉がわからないのよ。来たばかりだから」

座ったままの姿勢で、マツモト夫人は言った。

「だいじょうぶ、心配しないで、ミュン。この人、何もしないわよ」

そう、夫人が言うと、ミュンも納得したのか座り込んで食事の容器を手にした。

来たばかりのころは、まだ心があちら側にあるから、ここでの言葉がわからない。いろいろな土地からいろいろな理由でこのキャンプに来ている人同士が、会話ができるとわかるまでには時間がかかる。マツモト夫人には、ヴェールをかぶった女の気持ちがわかった。この人も自分の子どもを置いてこなければならなかったのだ。ミュンにもそれはよくわかったに違いない。

泣き出した娘を、その女はあやしはじめた。きっと故郷の子守歌なのだろう。子守歌は、人が言葉をもって会話を始める以前から存在したと聞いたことがある。ヒトが、子どもたちを集団で育てることを始めた太古の昔に、泣く子をあやす歌がどこの部族にも生まれたのだそうだ。

聞き入るうちにマツモト夫人の心も落ち着いてきた。食事を終えて少し休んだら、ぐっすり眠れるような気がしてきた。まだしばらく、キャンプの日々は続くだろう。けれど、けっしてこれ以上大きくならない娘を抱いて、いつまでこのキャンプにいようというのか。息子たちがここにいないのは、救いだとは考えられないだろうか。

この日初めて彼女は、いつか、ここを越えて出ていく日があるのかもしれないと考えた。

ヴェールをかぶった女のか細い歌声を聞きながら、マツモト夫人は胸のうちで祈った。どうか、わたしの小さな息子たちが、強く生きていてくれますように。

第六話　廃　墟

九龍《カオルーン》のホテルで出迎えてくれた香港の友人は、

「地下鉄のほうが便利だけど、観光客なら乗らなきゃね」

と、スターフェリーの発着所に案内してくれた。南国の湿度の高い風が、肌にねっとりとまとわりついてきた。

何度も映画や観光パンフレットで見せられたことのある光景ではあったけれど、水の向こうにそそり立つメガロポリスのビル群は堂々としていて、いつ見てもその大きさに圧倒されると話すと友人は、

「それは、見るたびにビルが間近に迫って来るからじゃないの？」

と、笑った。

「中国の政治家が言うように、両岸は日に日に近づいている」

彼は、ぼんやりしているわたしをからかうように眺め、

「しょっちゅう、埋め立て工事をして陸地を増やしてるんだよ。だからさ、ヴィクトリア・ハーバーはどんどん狭くなって、大陸と香港島の距離は近くなってる。ビルがでかく見えるのはそのせいだね」

そんな話を聞くうちにも、ビルは刻々と近づいてきて、船は対岸に到着した。船着き場は湾仔《ワンチャイ》にあり、目立って海上にせり出すように建てられた、巨大な亀の甲羅のような建物が、目的地のコンベンションセンターだった。

そこで開かれていたのは、この街ではたいへん盛んなブックフェア、本の見本市で、シニカルな友人に言わせると、

「香港の人間は一年に一度、この見本市でしか本を買わない」

という。季節は夏、七月の風物詩ともなっているらしい。

驚いたのは、建物の外と中の温度差で、コンベンションセンターに入るときの感覚は、蒸し風呂から冷蔵庫に移動するかのようだった。巨大なコンベンションセンターに足を踏み入れた途端、素足にサンダルを履いてホテルを出てきたことを後悔した。

さらにびっくりしたのは、その建物を埋めるかのような人の波だった。比較的若い人が多いように見えたが、会場は池袋の地下街のような混雑ぶりだった。

とくに目立つのは、カラフルなスーツケースを引きずってブックフェア会場を歩いている親子連れで、秋から必要になる教材を詰め込んでいるのだという。教育熱心な家庭が多いのかと感心しかけたが、

「買ってくのは教科書だよ。学校に通うならぜったいに必要だから、どこかで買わなきゃならないの。ここがいちばん安いんだよ。三割引きだったかな」

友人はいまさらおもしろいことでもない、というような口調で言う。

それにしてもずいぶんな人出で、九十万人もの来場者数を誇るのだそうだ。香港の人口が七百二十万人として、総人口の八分の一がコンベンションセンターに集まる計算になる。もちろん、海外からの観光客もいるのだろうから、単純に八分の一とは言えないけれども、本の祭典がこれだけの人を集めるなんて、香港の文化度はかなり高いのではないかとわたしが言うと、

「きみは何にでも感心するね」

と、シニカルな友人は呆れた表情を見せた。

「グラビアアイドルが写真集を売ってるんだよ。ここで買えば、サインと握手がもらえる」

なるほどね、と、わたしは答えた。アイドルのサイン会とか握手会とか撮影会とかいったものね。それにしたって九十万はすごい数字だ。アイドルだけで集められる数じゃ

ないだろうと言うと、

「夏休みで暇なんだよ。みんな、なんかイベントが欲しいんだろ」

にべもない口調で、友人は言った。

そんなことを言いながらも、香港の作家である友人にとって年に一度の本の祭典は、毎年無視できない大行事であるらしく、シンポジウムや講演、対談と、いくつものイベントに駆り出されるらしい。外国の作家との対談を設定したいのだが、誰か適当なのはいないかと主催者に頼まれた友人が、ちょうど、ある作品の中国語訳が台湾で出版されたばかりのわたしに声をかけてくれたのが、香港行きが実現した経緯でもあった。だから、わたしとしては、友人がどんなにシニカルな態度をとろうとも、このビッグイベントを否定する気持ちにはなれない。会場の一角では、中国の伝統人形劇の遣い手が、小さな酔っ払い人形を操って、立ち止まって観ている人々を笑わせていた。

メイン会場には出版社のブースが立ち並び、たしかに写真集を売る若いきれいなモデルのいるエリアは人だかりがしていたが、各会議室では本や文化関連の催しがいくつも開かれていて、それらにもずいぶん人が集まっていた。『恋する惑星』や『天使の涙』の監督、王家衛《ウオン・カーウアイ》が、わたしと友人が対談をする隣の部屋で、同じ時間に講演すると知って、なんだかちょっと損したような気もした。時間をずらしてくれれば、聞きに行けたのに。広東語はまったくわからないにしても。

わたしと香港の友人は、とある国際交流プログラムをきっかけにアメリカで知りあったのだが、わたしたちは対談中に、そんな二人の出会いの話をしたり、お互いの作品の感想を述べあったりした。友人は、わたしを香港に呼んだことに責任を感じてか、たいへん熱心にわたしの作品の中国語訳を宣伝してくれて、なんだか申し訳ないほどだった。対談を終えて、お決まりの質問タイムになり、香港に来るのは何度目ですかとか、香港の印象を聞かせてくださいとかいった、当たり障りのない質問に答えていると、後ろのほうに座って黒い野球帽を目深にかぶった男性が静かに手を挙げた。

ガウロンザイセンと聞こえる、抑揚の強い広東語が耳に入った。

通訳者も香港人だったが、対談の内容ともわたし自身の経歴ともとくに関係のない質問にやや戸惑ったのか、

「九龍寨城《ガウロンザイセン》？」

と、聞きなおし、オウム返しの答えをもらった。

「日本人はどうして九龍城が好きですか、という質問です」

少し困ったように、通訳の女性は言った。

「九龍城って、あの、昔、啓徳《カイタツク》空港の近くにあった、あの九龍城ですか？」

わたしの質問は広東語に訳された。

帽子の男性が言葉を発し、通訳の女性は、

「そうです。あの九龍城です」

と、答えた。

唐突な質問に戸惑っているわたしを気の毒だと思ったのか、傍らの友人が助け舟を出すように話し出した。

「たしかに、日本人は九龍城が好きだという印象があるよね。取り壊しが決まって、ほとんどの住民が立ち退いた後で、最後まで残っていたのは、日本のテレビ局の撮影クルーだったんだよ。知ってる？」

通訳が彼の言葉を日本語にしてくれるのを待ってから、

「知らなかった」

と答えると、会場から笑いが漏れた。

「東京の郊外に、九龍城の一角をそっくり再現したゲームセンターができたという話も聞いたことがあるけど、行ったことはある？」

「ない。そんなところがあるの？」

わたしが驚いてみせるたびに、会場の人々は笑った。

「日本人が特別なのかどうかは、わたしにはよくわからないのですが」

そう前置きをして、どうやらこうやらわたしは答えた。

「限られたスペースに密集した高層建築物、無法地帯のイメージ、住民の自治でかろうじて保たれる治安、秩序を超えて噴出する人々のエネルギー、そういったものに、魅力を感じる人は多いのではないでしょうか。もちろん、勝手なイメージで、実態とかけ離れている部分は多々あるとは思いますが、九龍城をモチーフに取り込んだ映画やゲームなどを作っているのは日本だけではないでしょう。どこか、強く想像力を刺激されるんだと思います」

「今回の香港滞在で、九龍寨城公園を訪ねる予定がありますか?」

「とくに予定はありません。そこはお勧めの場所ですか?」

こちらが逆質問をしたのに驚いたのか、黒い帽子の男はなにも言わずに少し口元をにやつかせた。困ったときにアジア人は笑う、という話を思い出した。彼は困っていたのかもしれないし、あるいはなにかほかの理由で笑ったのかもしれない。

いずれにしても時間が来て質問タイムは終了になった。

対談を終えると、忙しい友人作家はまた別のイベントに駆り出されていった。

「七時にホテルのロビーに迎えに行くよ。いっしょに食事をしよう」

去り際にそう友人が言ったので、わたしは、そうね、と答えて時計を見た。三時過ぎだった。それまで時間を潰さなければならなかった。

食事の前に少し部屋で休むとしても、三時間ばかり自由時間があるなら、どこかに出かけるのも悪くないと思った。滞在は、三泊四日の短いもので、そのうち二日間はイベントやセレモニーへの出席が決まっていた。忙しい中を縫って、友人が赤柱《チェチュウ》に連れて行ってくれることにもなっていた。

だから、ほとんど自由行動の時間はなくて、それでも到着直後のほんの少しの合間に、ペニンシュラホテルにお茶を飲みに行ったり、アベニュー・オブ・スターズを歩いて回ったりはしてみたのだが、今回は仕事で来ているのだから、観光できなくても仕方がないような気がしていた。けれど出かけたくなったのは、やはり頭のどこかに、

「九龍寨城公園を訪ねる予定がありますか？」

という質問が木霊《こだま》していたからだ。

もう一度スターフェリーに乗って尖沙咀《チムサーチョイ》に戻り、船着き場の目の前のバスターミナルから5番のバスに乗った。「富豪東方酒店《リーガルオリエンタルホテル》」行きのバスに乗り込むのは、そんなに複雑な作業ではなかった。

ネイザンロードから太子道東を走るバスには、大都市の光景以外にさしたる見どころはなかったけれど、四十分ほどかかるならと少しだけ気持ちに余裕が出てきて、名物の路線バスの二階席に陣取った。

香港には五回ほど旅行したことがあり、そのうちの三回は啓徳空港だったなあと、なんだか懐かしくなったくせに、空からその有名な九龍城を眺めたような記憶もなかった。

バス通りは混んでいて、予定より時間がかかった。このぶんだと、ホテルに戻ってゆっくり休む時間はないかもしれないと思いながら、「富豪東方酒店」でバスを降り、九龍寨城公園に向かった。

九龍寨城公園という場所は、賈炳達道公園《カーペンターロードパーク》という別の名前の公園に隣接している。芝生が広がり子どもたちがサイクリングを楽しんでいる広々した賈炳達道公園に、二辺を囲まれるようにしてある九龍寨城公園は、違いを際立たせるためか名所旧跡風で、十九世紀に清朝が作った門の跡とか、灰色の反り返った瓦屋根に赤い柱の建物、奇岩といったものが要所要所に置かれた、中国風庭園だった。

さすがに緑が多いだけあって、ビルしかないダウンタウンの蒸し風呂のような暑さではなく、心地のいい風すら時たま吹いてくる感じのいい公園ではあったが、いわゆる「魔窟」のイメージを求めてここを訪ねる観光客は、肩透かしを食らうのかもしれない。

わたし自身は、九龍城マニアというわけでもなかったし、行き当たりばったりの観光をするのも嫌いではないので、清朝風の回廊に展示された九龍城の写真を眺めながら、のんびり庭園を散歩するのもそれなりに楽しかったのだった。

「○○さん」

ふいに、誰かがわたしを呼ぶ声がして、一人の散策の静寂が破られた。

こんなところに知り合いがいるはずもなく、例の友人はまだコンベンションセンターでイベントに出演している最中だから、聞き間違えたのだろうと思ってまた回廊の展示に目を戻すと、今度はフルネームで名前が呼ばれた。イントネーションからして、日本人ではないことはわかったが、あきらかにそれは日本語だった。

振り返ると、髪の長い女性が一人立っていた。

ひょっとしたら、前日に行われたレセプションパーティーで、友人から紹介された人物かもしれないと思いつき、曖昧に笑顔を作ってみたものの、誰だかわからない相手に対する警戒が表情に出ていたのだろう。先方は安心させるように、

「さっき、××さんとトークに出ていたでしょう？　わたしはそれを聞きに行ったのです」

という意味のことを、英語で言った。

「最後の質問で、この公園のことを言った人がいましたね」

と、彼女は言った。

「ええ、それで、気になって来てみたのですが、もしかして、あなたもですか？」

わたしはたずねた。

「はい、そうです。わたしは明日の朝帰りますが、九龍寨城公園《カオルーンウオールドシテイパーク》とはどんなところなのか、一度見てみようと思ったのです」

「あなたも、ここに来るのは初めてなのですか？」

「はい、初めてです。香港には何度も来ていますが、以前に来たときはこの公園はまだなかったのです」

「あなたは、香港の方ではないのですか?」

「わたしは香港人ではありません。わたしは台湾人です」

「台湾から」

「そうです。わたしは台湾から来ました。わたしもブックフェアのために来ています」

「あなたも小説を書いているんですか?」

「わたしは小説家ではありません。わたしは旅行記を書いています」

「そうでしたか! ご同業ですね。お名前を伺ってもいいですか」

「わたしの名前はファン・ジュンと言います」

「ファン・ジュン」

ナイス・トゥ・ミートゥ・ユー、とぎこちなく言い交わして、わたしたちは軽い会釈をした。

「展示室をもう観ましたか?」

と、ファン・ジュンが聞いた。

「展示室とは、この写真のことですか?」

わたしは回廊の展示物を指さした。

「違います。管理事務所のある建物です。清朝時代の建物で、九龍城が取り壊されるまでは、老人ホームだったそうです。まだ入っていませんか？」

「まだ入っていないようです。どこにありますか？」

「わたしもまだ見ていないのです。いっしょに行きませんか？」

ファン・ジュンがそう言って、後方を指さすので、わたしは時計を確認してうなずいた。よく考えれば、この展示室に入らずに公園を出るのは、お寺に来てご本尊を拝まずに帰るような話なのだけれども、よく調べもせず、行き当たりばったりに出かけてきたわたしは、ファン・ジュンに会わなかったらのんびりと清朝風の公園を散策しただけで帰っていたかもしれない。

管理事務所のある「衙門《がもん》」という建築物は、公園を造るにあたって建てられたものではなくて、園内唯一の歴史的建造物なのだそうだ。大きな二本のガジュマルの樹に守られるようにしてその古い建物はあって、往時の家具が置かれ、九龍城のジオラマが設置されていた。

「展示室はこちらです」

ファン・ジュンが言うので、六つに仕切られたブースの一つに足を踏み入れると、瞬時に灯りがついて、壁に原寸大の映像が映し出された。九龍城に人が住んでいたころに撮影されたものらしく、むき出しの配線が垂れ下がった薄暗い狭い通路や、所狭しと並ぶ朽ちかけた歯医者の看板や、テレビのアンテナが樹木のように立ち並ぶ屋上すれすれに飛行機が飛ぶ映像などが、目の前の壁にリアルに映る。

映像の中で男性が話し始めた。広東語のようで、わたしにはさっぱりわからず、傍らのファン・ジュンもわからないというように首を横に振った。それでも、その映像に魅せられて、わたしたちは次々とブースを見て回った。

九龍城の歴史を簡単に記すなら、十九世紀の終わりに、イギリスが清朝から香港を九九年の約束で租借したおり、九龍半島の新界地区にあった九龍城砦だけが例外として租借地から除外され清の飛び地となったが、最初にイギリスの圧力で清軍が排除され、のちに中国国民党が中華民国を打ち立てても、九龍城はどこの国の法も及ばない地帯として残された、ということになる。国共内戦や中華人民共和国樹立後、大陸からの移民がバラックを建設し、文化大革命後などにも移民は流入して、高層建築を建て、増築を繰り返し、複雑な構造の建築物を作り上げた。どの国の主権も及ばない中、住民は自治組織を作って管理にあたり、「東洋の魔窟」とも呼ばれたその活気ある集合住宅は、香港の中国への主権返還で取り壊しが決まるまで存在し続けた。

「ここを見ることができてよかった。誘ってくれてありがとう」

そう言うと、ファン・ジュンはにっこり笑った。

「この秋、わたしは日本に行く予定です」

「旅行記を書くためですか？」

「それもありますが、個人的なものでもあります」

「東京に来る予定はありますか？」

「はい、東京を訪ねるつもりです」

「よかったら、連絡をください。いっしょに食事でもしましょう」

わたしは名刺を差し出した。

「ごめんなさい、いま、わたしは名刺を持っていません」

彼女は少し戸惑い気味にそれを受け取った。

「かまいませんよ。よかったら、そのメールアドレスに連絡をしてください。そうすれば、あなたの連絡先はわかりますからね。ところで、今晩の予定はもう決まっていますか？　わたしは今日いっしょにトークをした作家の友人と食事をすることになっているのですが、もし、時間があればごいっしょに」

「いいえ、わたしも友人と会うことになっています」

「そうですか。わたしはこれから大急ぎで尖沙咀のホテルに戻らなければなりません」

「わたしは、もう少しここでゆっくりしてから、友人との待ち合わせ場所に行くことにします」

では、いずれまた、と挨拶をして別れ際、ファン・ジュンが何か言った。

「……に興味があるのです。東京でも訪ねるつもりです」

彼女が何に興味があるのだか、英語の単語がよくわからなかったが、そのときは曖昧にうなずいて、シー・ユー・アゲインと言って手を振った。

廃墟。

おそらく、そう彼女が言ったのだと、ホテルに帰ってから電子辞書を検索して気づいた。

夜は、友人夫妻と数人の出版関係者と食事をした。

台湾から来ている編集者もいたので、ファン・ジュンという旅行記作家を知っているかと聞いてみると、自分はフィクション担当なので直接は知らないが、名前は知っている、出版よりも広告分野で多く仕事をしている人物だ、という返事があった。わたしの友人の香港作家は、知らないと言っていた。

テーブルの言語はおもに広東語で、台湾の作家や編集者のために北京語も使われた。わたしに気を使って英語で話してくれることもあったが、時間が経つとどうしても広東語だけになるし、どのみち、わたしも英語がそんなに得意というわけでもないから、おのずと無口になった。不思議なことに、そこに集まっていたのはちっともお酒を飲まない人々で、中国式の飲み会が繰り広げられると覚悟していたこちらは、少し拍子抜けした。とはいえ、とくに酒が強いというわけでもないので、フレッシュマンゴージュースを飲みながら、なにとはなくファン・ジュンのことばかり考えた。

「ガウロンザイセン」

という単語が急に耳に響いたので、わたしは友人のほうを見た。

「ああ、午後の対談のときの質問の話をしてたんだよ。すごく唐突だったよね、あの質問」

と、友人が言った。

「廃墟」

ほんの小一時間前にホテルで確認したばかりの英単語を口にしてみる。

「廃墟に人が興味を持つのはどうしてなんだろう。何が人を惹きつけるんだと思う?」

あのあと、九龍寨城公園に行ってみたの」

「ほんとに行ったの? ただの公園だっただろ」

「でも、古い建物や門の跡があって、いい散歩ができた」

「廃墟に魅力があるのは、かつてそこに人が存在していたってことを感じるからでしょう」

その場にいた、小説家の女性が言った。

「あの公園はいまや、廃墟と呼ぶには清々しすぎる」

と、誰かが言った。

台湾の旅行記作家が東京にやってきたのは、十一月の半ば過ぎのことだった。予定は、北陸の取材だそうで、能登の海の幸や金沢の美術館など、北陸は旅行好きの台湾人にとって、見逃せないエリアなのだと、メールに書いてあった。

あれはまだ、北陸新幹線が通る前のことだった。京都や奈良や北海道などの人気観光地はすでに行ったというタイプの旅行者には、たしかに古都金沢は魅力的に映るのかもしれない。彼女自身はローカル線に関心があって、七尾線に乗るのが旅の目的の一つと聞いて、驚いたのを覚えている。東京でも一泊するので会いたい、と彼女は言った。宿泊するのは、本郷にある和風旅館だった。

どうも日本観光にひどく詳しいように見える彼女をどこに連れて行ったらいいかと少し悩んだが、湯島の老舗《しにせ》の居酒屋に招待すると、彼女は素直に喜んでくれた。玉暖簾《のれん》をくぐって店に入ると、嬉しそうに、写真を撮ってもいいかと確認して、スマートフォンのカメラのシャッターを何枚も切っていた。

「明日、上越新幹線で越後湯沢に行き、はくたかに乗って金沢に行きます」

食事をしながら、彼女はそう言った。

彼女は三十代の半ばで、旅行記事を主に作る編集プロダクションを主宰しており、自分が企画・編纂・取材構成にもかかわったガイドブックを何冊か出しているのと、いまはブログで情報発信することも多いのだと、日本語と英語が入り混じる言葉で教えてくれた。

「明日の新幹線は午後ですから、午前中に廃墟を見に行きます」

「廃墟？」

「東京にある廃墟です。宿泊先からもここからも、あまり遠くありません。行った人のブログをいくつも見ました」

「ここは東京の中心に近い場所ですが、この近くに廃墟があるんですか？」

「あります。廃墟マニアには有名な場所です」

「有名な場所？」

「はい。九龍城みたいに有名です」

「そこに行ったら、あなたもブログに書くのですか？」

「ブログに書くつもりはありません。とても個人的なツアーです。いっしょに行ってみませんか？」

個人的なツアーという言葉は英語だったが、ツアーという響きがなんだか少しユーモラスに感じられた。

「そうですね、明日の午前中は、予定はありませんから、わたしも行ってみたいです」

「ほんとうですか？」

「はい。ご迷惑でなければ」

「嬉しいです。でも、今日のような恰好ではなく、パンツにスニーカーを履いてきてください。それから、帽子と手袋もあったほうがいいかもしれません」

「危険な場所なんですか？　ヘルメットが必要？」

「写真を見た限りでは、そこまで危なくはないと思いますが。爆竹を鳴らしたり、喧嘩したりすると、警察に怒られると書いてありました」

わたしたちは爆竹を鳴らさないし、喧嘩もしないだろうと言って、笑った。二人でその日はよく飲んで、翌日は、その廃墟に近い駅で待ち合わせることに決めて別れた。

翌朝、ありがたいことに小春日和の晴天に恵まれて、ファン・ジュンとわたしの廃墟ツアーはスタートした。二人のいでたちはジーンズにスニーカー、ダウンジャケットに手袋、わたしはフード付きのジャケットだったが、彼女はニットの帽子をかぶっていた。

地下鉄の出口を出て、民家と商店の間を縫うようにして、車一台がぎりぎり通れるほどの坂道をゆるゆる降りていくと、少し道が広くなり、左に寺院、右側に私立大学のキャンパスがある。道路のある地点が谷で、建物がある場所はどちらも山になっているような不思議な地形で、キャンパスを右手に見ながら歩いていくと、斜め左に突如、東京とは思えないような鬱蒼《うっそう》とした木立が見えてきた。キャンパスの入り口を谷底と見れば、こちらも坂道を上る形になり、木立の奥に何かあるようではあるのだが、背の高い木々に遮られてあまりよく見えない。その鬱蒼とした木々じたい、道路からは二メートルほど高いところに生えていて、道路わきからその木立を抜けて奥へ入れる小道があるようにも見えたが、見るからに滑ると危なそうなその小道への入り口は、入念に二本の杭が打たれて綱が渡され、立ち入り禁止の札がかかっていた。

「なにか、見える」

ファン・ジュンが声を上げて指さすほうを見ると、木々の奥に壊れた門の跡のようなものが見えた。ところどころ欠けた二本の石柱が、道路から見ると斜めを向いた形に立っている。ちょうど、立ち入り禁止の小道を上がって行った先にぶつかる位置にあると思われた。

ファン・ジュンは、スマートフォンを操作しながら、どんどん坂を上っていく。おそらく誰かのブログを見ているのだろうと思われた。小道以外に、入り口があるのだろうかと訝《いぶか》りながら彼女についていくと、坂もかなり上のほうまで上った先に、雑草が生い茂り、車が一台打ち捨てられた、駐車場の成れの果てのような場所があった。ここにも門の跡のような石柱があり、「国有地につき立ち入り禁止」の札がかかっていた。

「ここから入る」

そう、ファン・ジュンは言って、臆することなく怪しげな駐車場につかつか入っていった。わたしも後ろから入り、奥のほうに灰色の建物があるのを認めた。

「あれのこと？」

たずねると、ファン・ジュンは後ろを振り向いてうなずき、手元のスマートフォンを切ってポケットに仕舞った。場所がわかったのだから、もうGPSは不要だと思ったのだろう。雑草を踏みしだいて近寄ってみた建物は、遠くから見るよりもずいぶん大きかった。近づくと、大きな椰子の木が二本、青々とした葉をつけた枝を広げていた。ちょうど、香港の公園で見た「衙門」を、二本のガジュマルの樹が守っていたのに似ている。

全貌が見える場所まで行ったわたしたちは、感嘆の声を上げた。

灰色の建物は三階建てのかなりしっかりしたもので、入り口のドアはえんじ色をしていた。三角形を作っていたと思われる屋根は鉄筋の梁《はり》のみが残されていた。

「火事で、焼けた。六、七年前に」

そう、ブログに書いてあったのだろう、彼女がそう言い、振り向いて、

「入る？」

と、聞いた。

ここまで来て入らないで帰るわけにもいかないだろうと、わたしはうなずいて見せたが、六、七年前に火事で焼けたという生々しさに、少し怖いような気がしたのも事実だ。

「廃墟と呼ぶには清々しすぎる」

と、誰かが九龍寨城公園を評したのを思い出した。目の前にある廃墟は、その清々し

さとは対極にあった。用意のいいファン・ジュンが、マスクを渡してよこした。

建物に入って、さらに息を呑んだ。

真ん中が吹き抜けになっていて、ホワイエを囲むように居室が並んでいる。吹き抜けはそのまま梁のみ残った屋根を突き抜けて、晴天の十一月の青い空まで続いていた。

「ここ、なんだったの？」

そう聞くと、ファン・ジュンは振り返った。

「ドミトリー」

「学生寮？」

「そう。でもきっと、学生じゃない人も住んでた」

屋根の梁や、薄暗い階段の手すりの部分には鉄筋が残るが、場所によっては煉瓦が埋め込まれていたり、モルタルで細工が施されていたり、木造部分もあったのではないかと思われ、浴室のタイルもきれいに残っていた。

それから果敢に階段を上っていくファン・ジュンに続いて、この廃墟に侵入したわたしは、次々とあらわれる生活の跡に、あっけにとられることになった。

机、本棚、ベッド、スプリングの飛び出したソファ、ぬいぐるみ、投げ出されたバッグ、転がったラジカセ、冷蔵庫、服、規則を書いた貼り紙、画びょうで壁に留められた写真、台所には調味料の瓶まであった。

「ちょっと疲れた。わたしは上に行くね」

火事の跡の生々しさに気後れしたわたしは、ファン・ジュンにそう声をかけて階段を上った。建物の天井の隅には漆喰で装飾が施され、階段も一段目は丸みを作って設計された鉄筋コンクリートの建物は、建設当時は美しかっただろうと思わされた。

建物全体には蔦《つた》がからみ、風が吹くと静かに揺れる。ガラスのすっかり抜け落ちた窓から、蔦が建物の中にも垂れている。都心とはいえ住宅街の中にあるせいか、驚くほど静かで風が蔦や木立を揺らす音しかしないのだった。

屋上に上がると都会のビルが見渡せた。東の空にスカイツリーも見える。コンクリートのブロックの上に座って風に吹かれていると、後からファン・ジュンが上ってきた。どこで手に入れておいたのか、缶コーヒーを持っていて、わたしの隣に座り込むと一本持たせてくれた。

「ありがとう」

プルトップを引き上げて喉に流し込むと、ぬるくなったコーヒーがひどく甘く感じられた。

「この場所、あまり、好きではありませんか？」

遠慮がちに、彼女はわたしにたずねた。

「好きです。いえ、好きかどうかはわかりません。とても印象的な場所です。ここに来たことを、忘れないでしょう。ただ、人が住んでいたことがわかるので」

胸がいっぱいになってしまったと言おうとして、どういう言葉を使えばいいのかわからず黙ると、ファン・ジュンは、よくわかるというようにうなずいて、

「わたしもです。写真を撮りたいと思わないのも、そのせいです」

と、ポケットからスマートフォンを取り出し、ちょっと口を歪ませた。

そういえば、昨夜の居酒屋ではあんなに楽しそうにシャッターを切っていた彼女は、この、ある意味ではたいへんフォトジェニックな建物に到着してからずっと、一度もスマートフォンに触っていなかったのだった。

「この場所は夜になると幽霊が出そうですね」

無理やり、少し笑顔を作ってそう言うと、彼女も片頰だけゆるませて、

「リアル・ホーンテッド・マンションですね」

と答えた。

そのまま彼女は黙って何か考えているようだったので、わたしは缶コーヒーを手にしたまま屋上を隅から隅まで歩いてみた。崩落の危険はないだろうとは思ったけれど、若干びくびくしながら一周し、晴れ渡った空の下に広がる東京の風景を眺めた。

戻ってきて、ファン・ジュンの隣にもう一度腰かけ、ふと横を見て、驚いた。ファン・ジュンは泣いていたらしく、目と鼻の先を赤くしているのだった。戻って来るタイ

ミングを間違えたのかと思い中腰になったわたしのダウンジャケットの裾を、ファン・ジュンのきれいに整えられた指先がつかまえた。

「だいじょうぶ？」

間の抜けた質問だとは思ったけれど、そう聞くと彼女は大きくうなずき、バッグから引っ張り出したティッシュで鼻をかんで、

「なんでもない」

と答えた。

でも、もちろん、なんでもないのに泣くはずはなく、少し落ち着くと彼女はゆっくり話し始めた。

「ここはとても古い学生寮でした。建設されたのは、一九二七年のことです。ここにはわたしの大叔父が暮らしていたことがあるのです。だから、一度見てみたいと考えていました。もうすぐ取り壊されてしまうと聞いて、今年が最後のチャンスかもしれないと思ったのです。でも、一人で来るのは少し怖かったので、あなたがいっしょに来てくれてよかった」

「大叔父さん？」

グレイトアンクルと彼女が言ったのを、そのまま聞き返した。

「わたしの祖父の弟です。Ｔ大学の学生でした」

わたしたちが訪れた廃墟は、東京の中でもとくに教育機関の集まる文教地区の一角にあった。

一九二七年、昭和の年号でいえば、二年にあたるこの年、台湾人学生用の宿舎として、当時日本の植民地だった台湾の総督府関連の財団が、国有地を借り建設したのが、S寮と呼ばれるこの建物だった。敷地は約三千平方メートル、鉄筋三階建てに地下室がある。

そう知ってから地図を見れば、このあたりには、各地の県人会の経営する学生寮がそこかしこにあるのを確認できる。愛知、岐阜、岡山などなど。わたしの父もたしか学生時代は、そこから地下鉄を乗り継いで二駅ほどの場所にあった、出身県の学生寮で暮らしていた。父がその寮に入ったのは戦後の話だが、ファン・ジュンの大叔父さんが入居したのは、ちょうど太平洋戦争が始まって二年ほどしたころだったそうだ。

「わたしは大叔父に会ったことがありません。インドネシアで戦死しているのです。わたしの父も母も、台湾生まれ、台湾育ちで、日本に来たことはありませんでした。祖父もそうです。祖父の弟だけが、頭がよかったので、高等学校に進学して、大学受験をして、この寮にやってきたのです」

ファン・ジュンの大叔父さんは、不運だった。優秀な成績で大学生になったその年に、日本は学生たちの徴兵猶予をやめて学徒出陣を決め、ほぼ同時期に台湾や朝鮮、満州などの植民地の学生たちに志願兵制度を作った。志願兵といっても、選択の余地はほぼなく、志願しなければたいへん懲罰的な強制労働を課せられたと、のちになって、わたしは、邱永漢の自伝で読んだ。

S寮の屋上で秋の風に吹かれていたときは、そうした事情もよく知らないままに、しかしファン・ジュンとわたしが交わすことのできる限られた英語の会話で、彼女の大叔父さんと寮の仲間たちが、学業を放棄して日本の兵隊になるべきか否かを、この建物の中で毎日激論したのだと知った。

わたしとファン・ジュンは、深い話ができるほどの語学力を持っていなかったし、なにを語るべきかもわからなかったから、S寮の屋上のコンクリートブロックに黙って腰かけて、十一月の風に身をまかせ、ぬるい缶コーヒーでときどき唇を湿らせながら、ぼんやりと一九四三年の台湾人留学生について考えた。

結局、ファン・ジュンの大叔父さんは、ほかの寮生といっしょに兵隊に志願した。そして、インドネシアのボルネオ島に派兵されて戦死した。

「大叔父さんは結局、ここに戻ってくることはできなかった。勉強も続けることができなかった。もし、戻れたとしたら、また違う問題に出会ったでしょう」

日本は二年後敗戦を喫し、台湾は日本の植民地ではなくなった。台湾総督府そのものが消滅したので、国からこの土地を借り受けた主体である財団も消滅した。国や法が消滅しても、そこに入居している人間の営みは消滅しない。どこにも帰属を持たない学生寮は、それでも生き物のように機能し続けた。

「少し、九龍城のようです」

と、ファン・ジュンは言った。

所有者不在の建物は、法を超えて土地を占拠し続け、その後も台湾から東京にやってくる学生は伝手《つて》をたどってS寮に住み続けた。しだいに中国からの留学生も住むようになり、自治組織が作られて、寮の運営は続けられた。内戦に敗れた国民党の残党が海峡を渡って台湾に向かい、大陸に中華人民共和国が打ち立てられても、国や法と袂《たもと》を分かった学生寮は、独自に存続した。

日本が寮の居住者に立ち退きを求めなかったのは、外交問題に発展するのを恐れたためだという。おそらく戦後まもなくは、それどころではなかったのだろう。一九七二年の日中共同声明で日本は中華人民共和国と国交を正常化、台湾と断交した。さかのぼれば台湾総督府の後ろ盾で建ったはずの学生寮の身分はますます宙に浮いたが、すべてはあるがままの状態で放置され、二十一世紀を迎える。

そのころには、学生寮という枠組みも逸脱して、家族連れが入居していたり、日本人の低所得者も住みついていたりして、ファン・ジュンの大叔父さんが暮らしたころからは大きく様変わりしていた。

そして、ある日、居住者の一人の煙草の火の不始末が原因で失火し、建物の三分の二ほどが焼失する事件が起こる。

「その後、住民は立ち退きに応じました。いまはこうして、無人の廃墟になっているけれど、来年には取り壊しが始まるのだそうです」

ファン・ジュンがまた泣き出すように思えてこの若い友人の横顔を見守っていたら、驚いたことに自分の眦《まなじり》から、ふいに熱いものが伝った。

「だいじょうぶですか？」

ファン・ジュンが、少し前にわたしが彼女にたずねたのと同じフレーズを発した。わたしは大急ぎで頬に手の平を這わせ、少し笑った。困ったときの、アジア人の笑いをしてみたのだ。わたしはほんとうに困っていたので。

それはわたしが泣いたのではなくて、なにかがわたしの中にそっと入り込んで涙を流させたかのようだった。わたしには泣く理由はなかった。

それでも、まったくないわけではないような気もした。

「新幹線は何時なの？」

わたしはファン・ジュンに向かって聞いた。

「そろそろ東京駅に行かなくては」

腕時計を確認して、彼女は答えた。

わたしは地下鉄の駅まで彼女を送った。いい旅を、と言うと、ファン・ジュンはにっこり笑った。彼女は丸い大きな目を持っていたが、笑うとその目は線の中に埋没する。

彼女を見送ってから、わたしは駅前で花束を買い、S寮に引き返した。深い理由はなかったが、屋上にいる間中、花を持ってくればよかったと思い続けていたからだ。中になにがあるのかもう知っているのに、一人で入るのは躊躇《ためら》われて、玄関にバラとリンドウをあしらった花束を置いた。それから意を決して一階の吹き抜けの場所まで行ってみた。

錆びた屋根の梁の鉄骨のフレームに、真っ青な空が切り取られてあった。

あれからもう五年近くが経つ。ファン・ジュンと出かけて行った翌年の春に、解体工事が始まったと聞いたが、見に行こうとは思わなかった。

ファン・ジュンとはその後、会っていない。

先日、用事があって、あの地下鉄の駅に降り立ったのを機に、記憶をたどって訪ねてみると、そこには「国有地売却」の札が立っており、すっかり均《なら》された空き地の入り口に、崩れかけた門柱のなごりが見えた。

第七話　ゴーストライター

その編集プロダクションは、神保町《じんぼうちょう》の本屋街に近く、それだけでも工藤てるみの心をくすぐった。お弁当屋さんの二階の、埃っぽいワンフロアがオフィスだったが、天井を衝く本棚をぎっしり埋める書物や資料は、それなりに知的な雰囲気を醸し出していた。

代表は白髪の分け目を左耳のすぐ上あたりにおくことで地肌の露出を極力避けようとしているおじいさんで、主に営業を担当する初老の男性と、四十代の女性編集スタッフがいた。メジャーな雑誌のインタビュー記事なども請け負うが、プロダクション事業の根幹を支えているのは、中小企業の社長や退職した自治体のトップなどが出す「自叙伝」の代筆だった。四十代の女性スタッフは多智花《たちばな》薫という筆名すら持っていて、いくつもの「自叙伝」をものした腕っこきだった。請負仕事の全部を彼女と、自分を「編集長」と呼ばせている代表の二人でこなしているわけではなく、外注することも多いが、その外注スタッフも元々はこのプロダクションの出身であったり、若いときから編集長が目をかけていたフリーランスライターだったりするという話だった。

てるみはプロダクションにとってじつに二十年ぶりの新卒採用、新規採用だった。

「ゴーストの仕事は、まあ、安定してるからね。うちは能力給だから、頑張って、多智花さんみたいなスターライターになってもらってもいいし、ここで仕事を覚えてフリーになって、よそも含めてもっと稼ぐって手もあるからね。きみの未来は明るいよ」

と、編集長は言った。

出版社に入りたかったのは本を読むのが好きだったからで、文章を書くのはさほど好きなわけではないのだが、そんなことを就職の面接で言うほどてるみもバカではなかった。しかし、いまから思えば、よく考えるべきだったのは、その点だったのに違いない。

「ゴーストライターという言葉は、例のタムラオーチ事件以来、ネガティブなイメージが流布してしまったけれども、僕らは誇りをもってやっているから」

採用が決まってあいさつに行った日、編集長は座布団を載せた灰色の事務椅子に腰をかけ、肘掛においた両手を突っ張ってのけぞるような恰好でそう話した。

タムラオーチ事件というのは、世界的な作曲家だと思われていた人物が、お金を払って別の人に作曲してもらっていた、何年か前にワイドショーや週刊誌をにぎわせた事件だ。

「うちで勉強して一流のライターになった人、いっぱいいるからね」

編集長がそうやって体をのけぞらせるのは、持病の腰痛のための自己流ストレッチだとすぐに知ることになるのだが、最初に見たときはずいぶんと体全体で威張って見せる人だなあとも思い、代筆仕事への並々ならぬ矜持の表れとして、てるみの脳裏に刻み込まれた。

「矢川麗吉の『げこくじょう』、あれ、誰が書いたか知ってる？」

てるみはビールのコマーシャルに出ているロックスターの顔をかろうじて思い浮かべたが、彼の伝説的な自叙伝『げこくじょう』を読んだことがなかったし、じつはタイトルすら知らなかった。

「コピーライターの水戸井《みとい》重仁だよ。彼も、若いとき、よく、ここに来たよ。それから、あれね、山内朋恵の『朱い時』。あれを書いた万座恵理子も、よく知ってる。うちの仕事、いっぱいやってる」

なにかものすごいことを告げるように編集長は言い、脚を組みなおしてこんどは反らせていた背を丸め、身を乗り出して人差し指を突き出したが、山内朋恵が引退してから十五年以上経ってこの世に生を受けたてるみは、それがどんなにすばらしいことなのか、まったくわからなかった。

ぽかんとしている新人を見て、これではいけないと思ったらしい編集長は、決め球を投げるように言い放った。

「あなただって、松尾聖花くらいは知ってるでしょう」

「あ、知ってます」

それは五十二歳になるてるみの父の永遠のアイドルだったから、さすがに知らないわけがなかった。彼女が食いつくのを見て、ようやく話が通じると感じた編集長は、もう一回、椅子の上で反り返った。

「松尾聖花の『桃色のタペストリー』、あれだってね、誰が書いたか知ってる？」

「誰なんですか？」

「神林真理子だよ！」

「えー、神林真理子さんが書いてるんですか？」

「そうだよ！」

「知らなかった！」

「神林さんなんか、ここ来てしょっちゅう、その椅子に座ってたよ。ものすごく書くのが速いんだ。そんでもってうまいんだ。あれはすごかった。提松清《さげまつ》さんなんかもそう。提松さんなんか、ペンネーム百個くらい持っててさ。もんのすごい売れっ子。みんなここ出身。みんなすごかった。うちにいた人たち、みんな偉くなってる」

てるみが素直に驚いて見せたのに気をよくして、その後も、名前をいくつも挙げて、あれもうちで仕事してた、あの子も僕が育てたと、ひとしきり自慢した。

「だから、まず、あなたも早く一人前になって、書けるライターになることね。これが第一目標。まあ、ともかく、楽しんでください」

編集長は前かがみになって、右手を差し出した。前かがみか、反り返るか。彼の姿勢はだいたいどちらかだった。てるみは出された手を握った。

就職するのだし、仕事のえり好みをする立場にないことはわかっていた。

ただ、多智花さんの一時間のインタビューに同行し、八百字なり、千二百字なりの原稿をまとめるという作業が、こんなに苦しいとは思わなかった。腕っこきの多智花さんは、人に任せるより自分で書くほうがよほどラクだと思っているらしく、てるみが必死で仕上げた原稿を目を細めて一瞥《いちべつ》し、かすかに唸《うな》るような吐息の音を漏らして、

「ちょっと、書き直しとくわ」

と言ったきり、てるみの原稿ではなくテープ起こしデータをひょいと取り上げて持って行って、一時間もしないうちに書き上げてしまう。意地は悪くないので、気の毒だと思うのか、

「だいじょうぶ、そのうちできるようになるから」

と、朝ドラの不器用なヒロインに女子寮の舎監がかけるような慰めを口にする。

何回かうーん書き直しとく方式で多智花さんが原稿を仕上げていたら、それが編集長に見つかってしまって、まずいことに、てるみではなくて多智花さんが怒られた。

「多智花さんのやり方じゃあ、後進が育ちませんよ」

と、椅子にふんぞり返ったり、前かがみになったりしながら編集長が言う。

「これじゃあ、あなたの取材のテープ起こしをさせてるみたいなもんだ。テープ起こしなんかしたって、原稿書けるようにはなりませんよ」

「そりゃそうだけど、わたしが書き直したものを読んでもらえれば」

「いやあ、それじゃ不親切ですよ。どこがまずいか、どうしたらよくなるか、ちゃんと教えてあげないと」

「編集長だって、昔は新人の原稿なんて鼻かんで捨てたもんだとか、言ってたじゃないですか。わたしは、鼻もかんでないし、捨ててもいませんよ」

「それはあなた、二十世紀の話でしょ。そういう昔気質《かたぎ》のやり方は、ゆとり世代の人には通用しませんよ。多智花さん、案外、古臭いねえ。僕なんかだと、やっぱり、今、ということを真剣に考えるから、ゆとりの人には、ゆとりの教育をと、自然に考えますよ」

編集長は、自分が時代についていっている証拠だとでも思っているのか、うれしそうに、ゆとり、ゆとりと連発した。

「そこまで考えてるなら、編集長が指導したらいいじゃないですか」

「新人の指導をするのも、勉強だよ。あなたは、二十年も下が入ってこなかったから、わがままになっちゃったんだ」

「二十年かけて年季入ってるんで、もう、わがまま直せません。新人指導はお願いします」

多智花さんは、うまいこと面倒を編集長に押しつけると、さっさと自分の仕事に戻った。新人指導の役割を免除されたので気持ちが軽くなったのか、女子トイレでてるみに会うと、やたらニコニコした。

「編集長がさ、神林真理子とか提松清とか、いろいろ言ってたでしょ。あれ、全部ウソだからね」

と、多智花さんは鏡の中のてるみに笑いかけながら言う。

「え、ウソなんですか？」

「いや、神林さんとか提松さんがゴーストしてたのは、ほんとよ。だけど、うちで育てたとかそういうのは全部ウソだね」

「そうなんですね」

「業界にいれば、どっかですれ違ったり、同じ雑誌で仕事したり、長いキャリアで一、二回くらいは実際に会って仕事したりってことが、ないわけではないよ。だけど、編集長はその一回を、百回くらいに水増しして言ってるからね。吹いてるから」

「そうなんですか」

「うん、そう。だから、よその人に、あのまんま言ったりしちゃだめだよ。笑われるし、だいいち、当の作家の耳に入ったらまずいじゃない」

「そうですね」

「まあ、もう、入っちゃってると思うけどねえ、本人が吹聴してるから」

トイレの鏡の中で、多智花さんが噴き出す。少し安心して、てるみは前から気になっていたことを、切り出す。

「ゴーストするって言うんですね。代作すること」

「あーあ。そうね。聞いたことなかった？」

「ゴーストライターっていうのは聞いたことあったけど、『ゴーストする』って、動詞形は知りませんでした」

「あらま。あんまり普通に使ってるから、誰でも知ってると思っちゃった」

ははは、と、ゴーストの女王、多智花さんは笑った。

新人指導が編集長に替わってからというもの、てるみの生活は激変した。パソコンの前で唸るのが仕事のようになった。いかに狭いフロアとはいえ、がらんとしているとさみしかったが、気がつくと一人で残業していて、自分がたまに打つキーボードの音ばかりが響いていることになる。

　その日も営業の浜田氏は営業先から直帰、編集長も得意先と打ち合わせと称して飲みに行ってしまい、出社が遅くて比較的夜型の多智花さんも、終電をつかまえるのだと言って帰って行った。てるみは大きくため息をつき、今日は会社に泊まりかなあと考えた。

　鍵の開く音がして、ドアが開き、編集長が現れた。

「わ。どうした。まだいた。何してんの？」

　編集長はフロアの中央にかけてある時計を見た。二時二十分を回ったところだった。

「編集長は、どうして？」

「携帯、忘れちゃってさ。まあ、明日でもいいかなと思ったけど、近所で飲んでたから。あなた、どうしてここにいるの？」

「どうしてって、仕事してます」

「うわあ、だめだよ。そんな働き方、うちは認めてないよ。もう、明日にしなさい。明日は、土曜日か。月曜日にしなさい」

「でも、これ、昨日が締め切りで」

「どれ、ちょっと見せて」

てるみは絶望的な気分におそわれた。それは一昨日から、何度も提出して何度も突っ返された原稿で、もう、なにが正解でなにがダメなのか、まったくわからなくなっていた。

編集長は、近眼の眼鏡をひょいと額の上に載せると、片方の手をてるみのデスクにつき、もう片方を腰にあてて前かがみになると、パソコン画面に顔を押しつけるようにして書きかけの記事を読んだ。たしかに彼は酒臭かった。

「なに。いいじゃない。なにが問題なの。今日はもうこれでやめて、月曜日にあさいちでクライアントに送んなさいよ。どっちにしたって週末は印刷所、動かないんだから」

てるみはいぶかしげにこの上司を眺めた。

酒が入って気が大きくなっているから、いいと言っているに違いない。月曜日になれば、きっとだめだと言うのだ。

「言わないよ」

「え？」

「月曜日になって、また書き直せなんて言わないからさ」

「え？　なんで？」

「あなたの顔に、不信と書いてある」

「だって」

「だいじょうぶ。それは、もう、それでいい。書けてる。それより、あなた、明日は何か用事があるの？」

「ないです。家で寝ます」

「ああ、それならね。ちょっと、飲みに行こうよ」

「これからですか？」

「いいじゃないか。こうして携帯電話も見つかったんだしさ。お祝いだよ。あなたの署名原稿がまもなく雑誌に掲載されるお祝いでもある」

てるみは不信を顔に貼りつかせたまま、それでも編集長といっしょに出かけることにした。家に帰りたい気もしたが、もしほんとうにこの原稿がこのまま通るなら、週末二日はまるまる休めるのだし、久しぶりにプレッシャーから解放されるわけで、ちょっと飲むくらいいいように思ったし、だいいちお腹が空いていた。

まもなく三時になろうという深夜で、どこにでかけるのかと思ったら、タクシーはてるみのまったく知らない場所で止まった。

防犯灯が薄緑色にちかちかしている道路沿いはひっそりしていたが、一本細い路地を入ると懐かしいようなアーケードがあらわれてビール会社の名前の入った提灯が下がり、もう閉めてしまった店もかなりあるが、ぽつんぽつんとまだシャッターを上げて客を座らせているおでん屋や焼き鳥屋が醬油と出汁《だし》のいい匂いをさせている。

それらの店にはドアというものはなく、テーブルは店の軒先にせり出していて、路上に丸椅子が無造作に置かれている。編集長はそうしたいくつかの店を素通りして、アーケードの奥に電飾スタンドを出した小料理屋風の一軒に入った。その店には格子にガラスをはめ込んだ引き戸があって、中には狭いカウンター席のみがあった。

切りまわしているのは物静かな中年女性で、二人が入っていくと手際よくおしぼりとつきだしを置いた。

「なんか適当につまみをね。僕はビール」

と編集長が言うのに、はいとうなずき、じゃあ、わたしも、と手を挙げたてるみにも愛想よく笑った。

「まあ、ゴーストという仕事はね」

ビールが来ると編集長は話し出した。

「そう、肩に力を入れてやるもんじゃないんだ。所詮は、他人のための仕事だからさ。まあ、あなたもその、リラックスして」

誰が緊張させているんだか、と、てるみは思ったが、ひょっとしたら、それがわかったからこうして飲みに連れ出したのだろうとも思えてきた。

「ゴーストはね、コツがあるんだよね」

「コツですか」

「うん。僕らは『おしごと』とも呼ぶ」

「おしごと？」

「多智花さんは『おしごと』がうまいの」

そう言って、編集長はぬたを肴《さかな》にビールを空けた。

女将《おかみ》がすかさずコップを満たした。

「誰だって、自分の話を人に聞いてもらいたいもんだよ。威張って、話したくなさそうにしてる奴だって、本音は同じ。聞いてほしいの。だから、ほー、ほー、すごいなと言って聞けばいいわけ」

「それが、おしごとですか？」

「まあ、それも一部だけど、『おしごと』はね、書くときのコツだね。あなた、写真を人に撮ってもらったことあるでしょう」

「ありますよ」

「なんだか、自分の顔じゃないみたいな写真になってて、やだなと思ったこと、あるでしょう」

「ありますね」

「ああいうことをしてはだめなの。『おしごと』するカメラマンはね、実物より、ちょっとだけ美人に撮るわけよ。それと同じでね、書くときも、実物より、ちょっとだけよく書く必要があるわけ」

「いい人にってことですか？」

「まあ、人によってね。いい人と思われたい人のためにはいい人に、立派だと思われたい人のためには立派げに。頭がよく思われたい、気が利いてると思わせたい、かっこいいと思われたい。いろんな人がいるからね。ああ、この人は、かく思われたいのだなと察してさ、そこのところをちょいと『おしごと』してあげるわけ。そうすると、相手はうれしいわけよ」

編集長はもうずいぶん酔っぱらっていたので、なんだか職場で見る雰囲気とは違っていたのだが、それなりになにかを教えてくれようとしていることが、てるみにも感じられた。

「我々の仕事は、ジャーナリズムとはちょっと方向が違うからね。真実とか、本質とかいったものとは少し違うんだよ。ただし、本人にとっては、それが真実であり、本質であるかもしれないものを、掬《すく》い上げるという技術に、われわれの『おしごと』への矜持はあるわけだよね」

「なるほどね」

その編集長のゴースト論は、じつは初めて聞いたものではなかった。そこで、一応、愛想代わりに相槌を打つには打った。

しかし、てるみは別のことに気を取られていた。その狭い店には、彼ら以外に二人の客がいたのだ。

べつにとりたてて変わった人々ではなかったが、一種独特の雰囲気があって、一人は着物の男性で、もう一人は派手なワンピースの女性だった。どことなく舞台衣装のような感じもして、もしかしたら演劇関係の人たちなのかもしれないと、てるみは思った。編集長と自分がカウンターの中央に陣取っていて、一人は右に、一人は左の端に座ってそれぞれ飲んでいた。

二人は時折、別々に女将に話しかける。ヤクルトの試合がどうしたとか、景気は底をついたのかとか、常連のなんとかさんがどういう病気になったとか。

話半分に適当に相槌を打っていた編集長の話が途切れたことに気づき、横を見ると、この人はカウンターに突っ伏して寝ている。てるみは困って周囲を見回し、困惑した視線を女将に向けた。

「寝かしてあげて。もう、小一時間もすれば始発が動きますから」

「いいんですか」

「いっつもそうなの。うちはいいのよ。いまから看板までに来るお客なんてそうそういないから。なにか飲みます？　それとも食べる？」

「そしたら、ハイボールを。それから、じつは夕ご飯を食べ忘れてて」

「あらまあ。じゃあ、焼きうどんでも作りましょうか」

「ありがとうございます」

「はいはい」

まもなくジョッキに入ったハイボールが出てきて、女将はカウンターに背を向けて焼きうどんを作り始めた。


はっと気がつくと、右隅にいたはずの一人が、てるみの脇ににじり寄っていた。こうしててるみは寝落ちした編集長と、見知らぬ客に両脇を取られる形になった。例の、着物を着た壮年の男だった。手酌で入れた熱燗のお猪口を口に運びながら、男は、

「違うね」

と、言った。

「あんたの連れはなんにもわかっちゃいない。何一つ、知りもしないで、よくまあ、ああ、いい加減なことを語れるもんだ」

男はあきらかに、てるみに聞かせることを前提として話しているらしい。

「ゴーストの仕事というのは、そんな甘っちょろいものじゃあないんだ」

くいっとお猪口を飲み干して、何か決意するように言う。

てるみは不思議に思って、問いかけた。

「もしかして、ゴースト、やってらっしゃるんですか?」

男はどこか威張ったようにうなずき、カウンターの隅にきれいに伏せて積み上げてあった小さなお猪口を一つ取ると、徳利からお酒をなみなみと注ぎ入れて、突き出した。

「まあ、一杯いきなさい」

と、男は言う。話をするなら、飲めということなのか。

「いただきます」

てるみはお猪口に口をつけた。男は話し出した。

「聞いてほしいことを聞いてやる? 本人よりもちょっとよく見えるようにしてやる? 私から言わせれば、ふざけんなという話だわな」

言葉だけ聞けば怒っているようだが、実際のその着物の男は怒るというより嘆くという感じで、体格もあまりよくなかったし、弱々しさすら感じさせる風体だった。男が着ているのはお洒落着というよりは体になじんだ木綿の着物だった。

「ゴーストというのは、そんなに甘いもんじゃない。聞いてほしいことがあったって、誰にも聞いてもらえないものじゃないか。言葉を発すると言ったって、それがどこまで人の耳に届くかね。それを、ちょっとよくしてやるだの、相手をうれしがらせるだの、傲慢もいいところだ。この男はなにもわかってないよ」

男は徳利を取り上げて、もっと飲むように促すので、てるみは手元のハイボールジョッキを持ち上げて見せて遠慮した。男はうなずいて、自分のお猪口に酒を注いだ。

「人というのはね、そうそう、簡単には気持ちを変えないよ。容易には口を開かないよ。口を開かせるには、こちらの思いを伝えなければならないんだ」

「こちらの、思いですか？」

てるみが聞き返すと、男の返事より早く、

「焼きうどん、こちらに」

と、女将が湯気の立った皿をカウンターに置いた。

「そうだよ。こちらに思いがなくて、どうして人に語らせることができるかね」

なにがどう、というのでもなかったが、男の言葉はどちらかというと、編集長の言葉よりも深みがあるように聞こえた。

「やはり、こちらの強い思いを示せば、それを感じ取って、相手も心を開き、口も開いてくれるってことですよね」

ハイボールで少しリラックスしたてるみは、そう言ってみた。

考えてみたら、編集長からは一方的に「ゴーストとは」と聞かされるばかりで、合いの手を入れたことも、質問をしてみたことすらない。この着物の紳士のほうが、誰だかわからないぶん話しやすい気がした。

「もちろんだ。そこがいちばん重要だね」

男はうれしそうにお猪口を上げて見せ、てるみもジョッキを持ち上げて乾杯をした。

「すぐにとはいかない。時間がかかる。諦めてはいけない。少しずつ少しずつ、寝ているときに耳元でささやくように、こちらの気持ちを伝えていくんだ」

寝ているときに耳元でささやくように、というのはどういうことなのか。

「無理強いはいけないということ？」

「その通り！　無理をしてもダメなんだ。かえって反発を招く」

「それはまずいですよね」

「いかにも、まずい。反発されたらおしまいだ。じわーっと、こちらの意思は、じわーっと伝えていく。そして、向こうがそれと気づかないうちに、相手の心を乗っ取る」

「心を、つかむってことですか」

「そう。そして、こちらの意思を強く、念じるように伝えていく」

「わたしはあなたに話してもらいたいんだと」

「そう。その口を通して、思いを伝えたいのだと」

「思いを伝えてほしいということ？」

「そう。思いを伝えてほしい」

「語ってほしい」

「そう、語ってほしい」

「心をつかめば、語ってくれる」

「そう。語ってくれる。心をつかまえるにはどうしたらいいかわかるかね」

「熱心に、あなたの話を聞きたいと訴える？　たとえば手紙を書いたり」

「うーん、もう少し、本質的なことだ」

「本質的なこと？」

てるみの問いかけに男は深くうなずき、なぜだか真っすぐ前を向いて答えた。

「人は誰しも心の中に闇を抱えている」

「闇？」

「そこには、ゴーストがつけ入る隙があるんだ」

「ゴーストがつけ入る隙？」

「闇というのはね、言ってみれば、恨みのようなものだ。報われなかった恨み、誤解された口惜しさ、押し込められたつらみ、われわれを排斥して大きな顔をしている者への妬《ねた》み、いい気になっている奴らへの嫉《そね》み、そういった強い感情が、人を揺り動かす」

恨み？

少しぼんやりしてきた頭に、不可解なフレーズが響き始めたが、てるみは焼きうどんを食べ始めており、昼食にサンドイッチを二切れつまんで以来の炭水化物に、ようやく気持ちがほぐれてきた。考えてみれば、こちらを先に食べてから酒を飲むべきだったのかもしれない。酔いが早く回るのは、アルコールをすきっ腹に入れすぎたせいだ――。

「結局、われわれにできることは、そう多くはない。相手の心の中のある感情にしか、とり憑くことはできない。われわれには実体がない。言葉がない。言葉は彼らの側にしかない。だから、彼らの感情にとり憑くことで、われわれはようやく言葉を持つことができるんだ」

「相手の感情に揺さぶりをかけて、生の言葉を引き出すってこと？　それが、ゴーストライターのテクニックってことですか？」

「誰がゴーストライターの話なんかしてるもんか。ゴーストの話をしているんだよ」

「え？　だって、ずっと、ゴーストライターの話をしてたんじゃないんですか？」

着物の男は隣に座った若い女性に初めて気づいたように、しげしげと、てるみを眺めた。そして、間が持たなくなったのか、徳利からお猪口に酒を注ごうとしたが、からっぽの徳利からは一滴も落ちてこなかった。

男は女将に向かって徳利を振ってみせた。女将のほうは首を左右に振った。

「もう、お帰りになったほうがいいんじゃありませんか？　今日はちょっといつもより、お過ごしですよ」

「そうかね」

「車、お呼びしますか？」

唐突に帰らされるような形になったので、男は少し抵抗するように黙っていたが、後ろを振り返って時計を見ると、

「もう、こんな時間か。じゃあ、お願いするよ」

と、女将に答えた。

男にはお茶が出され、てるみの前にはトマトサラダと鴨の吸い物が置かれた。

「おしまいにしちゃわなきゃいけないから、よかったら食べて。お嬢さんもお茶になさる？　もう一杯くらい、いく？」

お茶をくださいと、てるみは答えた。

男はそれきり話しかけてはこず、タクシーが来ると会計をして帰っていった。

てるみは出されたものをあらかたきれいに食べてから化粧室に立った。たいした量は飲んでいないのに、酔っぱらった感覚があった。妙な客に話しかけられたものだ、だいいち、いったいここはどこなんだろう——。

化粧室から戻っても、相変わらず編集長は寝ていた。

見ると、着物の男がいた席に、今度は女が座っている。いまどきあまり見ないような派手なパーマヘアに厚化粧の女性だった。年齢は不明で、てるみより十歳か、下手をすれば二十歳くらい上なのかもしれなかった。

「煙草吸ってもいい？」

と、女はたずねた。

煙草を吸うなら隅の席にいてくれればいいのにと、てるみが思ったのに気づいたのか、女は立ち上がって一つ席を空け、灰皿を右の隅のほうに移動して、くわえた煙草に火をつけた。

「あの男の言うことは、全部間違ってる。わかってないのは、あいつのほうよ」

煙を吐きながら、その派手な女は言った。

「さっきの男の人の話ですか？」

「そう」

「なんか、わたし、あの人の言ってること、よくわかんなくって」

「わかんなくて当然。あたしもわかんないわ」

「まあ、飲み屋の話なんか、わかること少ないけどね」

女将が割り込むようにして、女とてるみにソーダ水のようなものを手渡した。

「なんですか、これ？」

「サービス。梅ジュースをソーダで割ったの。ノンアルコールですよ」

わあ、ありがと、と女二人は同時に言った。少しずつ、戸外が白み始める時刻だった。

「あんたは、なに、記者さんなの？」

女はくわえ煙草でたずねた。

「記者っていうか。代作屋の修業中です」

「代作屋？」

「ゴーストライターとか、ゴーストって言って、人の話を聞いて、その人が書いたみたいに記事を書いたり、本にまとめたりするんです。でもまだ、修業中です」

「そうか。それで、間違えたんだね」

「間違えた？」

「あの男だよ。さっきの着物の男はほんものの幽霊の話をしてたんだよ」

「ほんものの幽霊？」

「うん。あの男とか、あたしとかさ」

「ごめんなさい。ほんものの幽霊って？」

「死んでんのよ、あたしたち」

ほかにリアクションの取りようもなくて、てるみはへへっと笑った。

「もうねえ、よしなさいよ、若い人からかうの」

女将がそう言ったとたんに、店の外でシンバルが鳴るような大きな音がした。

「ああ、嫌だ。また猫だかハクビシンだかが！」

女将は眉間に皺《しわ》を寄せ、

「ちょっとごめんなさいね。ごみ箱倒したのよ。すぐ掃除しないとカラスが来ちゃってたいへんなことになるから」

　と断って外に出て行った。

　店の中は、寝ている編集長と、派手な化粧の女と、てるみの三人だけになった。

「あの男は幽霊の話をしてたんだよ」

「幽霊って」

「幽霊ってさ、まあ、つまり、死人だよね。この世にいない。実体はない。肉体もない。言葉もないわけでしょ。幽霊はもう、この世の中と、この世に生きる人たちに対しては、なに一つできないのよね。話を聞いてもらったり、言葉を届けたり、できないのよね」

「はあ」

「だから、生きている人が、死んだ者と同じように考えて、死んだ者と同じように話してくれたらどんなにいいかって、思うわけ。あの人は、そういうことを話してたの」

　てるみの頭の中は、ますます混乱した。さっきの男の話もわからなかったが、こんどの女の話はもっとわからなかった。

「ねえ、もし、あんたが記者さんで、誰かの話を聞いて書くのが商売なら、知っておいてほしいんだけどな」

　女の赤い口紅が、梅ソーダのグラスにべっとりと跡を残した。

「あの男の言ったことは嘘よ。あのバカは幻想を捨てきれないの。あたしたちがこの世に生きている人たちに、なんらかの影響を及ぼすことができるんじゃないかってね」

「影響？」

「よく、あるじゃない。怨霊だとか、祟《たた》りだとか、そういうような話」

女の話が不思議に怖くなかったのは、表が少しずつ明るくなっていたせいだった。こんな時間にまだいる幽霊なんてあるはずがない。しかも、女にはちゃんと足もある。

「死んだ者の執念とか、怨念が、生きている人にとり憑いてなにかを動かすなんて、そんな古典的なことを、あの人はまだ信じたいのよね」

古典的なこと。

てるみは回らない頭の中で繰り返した。

「そんなことはないの。起こらないの。実際は逆なの。生きている者の怨念が、あたしたちを骸《むくろ》から引っ張り出すの」

骸、という言葉も、日常的にはあまり聞くものではなかった。

「生きている者の心には、たしかに闇があるわねえ。その黒い気持ちが人の行動の原因になることが多いのはたしかね。だけど、あたしたちが働きかけてできることなんか、ないの。そんなこと、あるわけないじゃない」

女は傷んだパーマヘアを掻き上げて、梅ソーダのグラスに口をつけた。

「あの男の幻想には理由があるの。誰かが、とっくの昔に死んだ人たちとおんなじ口調でおんなじようなことを言ったりすると、死んだ人たちのことを思い出してくれたみたいな気がして、うれしいんだね。そう、うれしいんだよ。だけど、あの男はなんにもわかっちゃいない。思い出してるんじゃないんだよ。ただ、死んだ者を利用してるだけなの」

「利用する?」

「ねえ、もし、あんたがさあ、あんたが記者さんで、誰かの話を聞いて書くのが商売なら、知っておいてほしいことがあるんだけどな」

女は少し前に言った言葉を繰り返した。

「知っておいてほしいこと?」

「そう。知っておいてほしいことはね、あたしたち、死んだ者の言葉は、ほとんどの場合、誰にも聞かれないってこと」

なぜ自分のことを死んだ者などと言うのだか、その理由はわからなかったけれど、それを問いただす気にはなれなかった。

「あたしはもともと」

女は話し出しそうにしてから、短いため息をついて黙った。

「もともと?」

てるみは静かに続きを促した。

「あたしは、もともと、聞いてもらいたかったたし、誰かが聞いてくれれば話したかもしれないよ」

「なにを？」

「あたし自身のことを。あたしがどこで生まれて、どんなふうに育って、いつ、あんなことになって、そのときなにを思って、どうしてそうすることになって、どうしてそうしないことになって、そのことをどんなふうに感じてたか。その後、どうやって生きたか。でも誰にも言えなくて、言ってはいけないように思って、一人で抱えているのはとてもたいへんで、けっして聞いてはもらえずにいたことを」

「わたしでよければ、話してみてくださいよ」

「話せないんだよ」

「どうして。誰にも言いませんよ。もちろん、書いたりしないし」

「話せないんだってば」

「どうして」

「死人に口なしって言うじゃないの」

「死んでないじゃない」

「死んでんだってば」

「話したくないなら聞きませんけど」

「話したいよ。だからね、覚えておいてほしいの。死んだ者の言葉は、ほとんど聞かれないってこと。聞かれずになくなった者がほとんどだってこと。あたしは話すことができない。ほんとにつらいんだよ。そりゃ、聞いてもらえたらどんなにいいかと思うけど、生きてるときだって、誰もあたしの言葉なんか聞こうとはしなかった。逆に、聞かれてしまったらどうしようと、恐れる気持ちもあったしね。聞かれたいと、聞かれたくないは、両方いっしょにあったんだ。いまは、聞かれないまま死んでしまって、いまさら話そうにも話せない」

女はそんなことばかり繰り返した。

どうしてそんな妙なことを言うのかと、問う気持ちにはならなかった。もしかしたら、彼女は身近に、誰にも話を聞いてもらえずに死んだ人を知っているのかもしれないと、てるみは考えた。

だいいち、彼女の話すことは真実のようにも思った。

誰もが自叙伝を出すわけではないし、誰もが人に気にされる人生を送るわけではない。むしろなにも書かず、誰にも気にされずに一生を終わる人がほとんどなのだ。

「あんたは気づいてないけど、ゴーストはいっぱいいるのよ」

厚化粧の女は続けた。

「そこらじゅうにいるの。だけど、ゴーストはなんにもできない。死んだらおしまい。誰かに乗り移ったり、怨念をまき散らしたり、そんなことはできない。ただ、横にいて、思い出してもらうのを待ってる。あんたのつい隣で、待ってるんだよ」

隣でねえ。

てるみは、隣の彼女を見た。彼女の顔には、表情らしきものが浮かんでいなかった。悲しげにも、うれしそうにも見えなかった。

「多くの場合は忘れ去られているし、ときたま思い出してもらえても、それはほんとうは思い出したんじゃなくて、生きてる人に都合のいい何かと、死んだ者の残像が、たまたまつながっただけ。死んだ者のイメージを都合よく利用したいときだけ、生きてる人は死んだ者を思い出したふりをするの」

「だけど、それは難しいですよ」

女がリアクションを期待しているのかどうかはわからなかったが、しばらく無言になったのをとらえて、てるみはそう切り返してみた。

「なにが？」

「思い出しているのと、思い出したふりの区別は難しいですよ。死んだおばあちゃんは、頭痛いときこめかみに梅干し貼ってたなと思って、梅干しを貼ってみるのって、おばあちゃんを思い出すことになりません？」

「それは」

　女は短くなった煙草を灰皿に押しつけた。

「なるね」

「でしょう？　人はなにかを思い出すとき、やっぱり自分にひきつけて思い出すんです
よ。だから、それを、死んだ人を利用してるとか思い出したふりをしてるだけだって言
われちゃったら、どうやって、おばあちゃん思い出したらいいかわからなくなりますも
ん」

　ずずっと音を立てて、てるみは梅ソーダの最後のひと口を飲み込んだ。女は不機嫌に
口を尖らせて、少しの間考えていた。

「だけど、わかるわよ」

　女は挑戦するように口を開いた。

「なにがですか？」

「思い出しているのと、そのふりをしてるのとの違いは、わかるわよ」

「どうして」

「どうしてもこうしても、死んでるこっちにはわかるのよ」

「また、そう来ましたか！」

　てるみがからかうような口調になると、女は本気で悔しかったのか、今度はつらそう

に顔を歪めた。

「あたしは誰にも思い出してもらえないの。誰にも知られず死んだから。それにね、あたしを思い出すことなんて、誰にとっても不都合でしかない。あの人たちがあたしにしたことと、あたしがあの人たちにしたことは、封印されてるのよ。あたしはけっして思い出されないの。あたしは忘れ去られてるの。あたしだって、誰かにとり憑けるならとり憑きたい。あたしにこそ、恨みもつらい思い出もたくさん、それこそ誰よりもたくさんあるのに、誰にも思い出されないんだよ。しかもそれを話そうにも話せないんだ。だって、死人に口なしだからさ。そういう、死んだ者が、いっぱいいるんだよ」

てるみは一瞬、隣の女が泣き出すのかと思ったが、女は泣くかわりにもう一本煙草を取り出して火をつけてくわえた。一筋、線香のような白い煙が上がる。

女将が引き戸を開け、暖簾《のれん》とともに店に入ってきた。

「ごめんなさいね。もう、電車動きますよ」

「おあいそして」

女が腰を上げた。

女将が電卓を叩いている間に、女はちょっと照れたような顔で、てるみを振り返った。

「覚えてくれたらうれしいな。思い出してくれたらさ。あんたがこの先どこかで、誰にも知られず、なんにも話さずに死んだ女がいたことに気づいたら、ああ、あいつかって、あいつのことかって、思い出してよ。そういう女と、この店で飲んだなって。そんで、ほかにもいっぱい、なんにも話さず死んでしまって、誰にも思い出されない人がいるって、覚えてて」

「思い出したら、なにかしたほうがいいんですかね？　お線香上げるとか、なにか。こういう人がいましたよって人に知らせるとか。いや、それは、思い出したふりのほうに入っちゃうのかな。利用っていうか」

「うーんと、そうだな。それは、あんたが考えてよ」

ハイヒールで不安定な足元をよろつかせながら女が出て行くのを見送ると、女将がカウンターを片付けながら、

「悼《いた》む、みたいなことかしらね」

と、つぶやくように言った。

出て行った女の後ろ姿は忘れようもなく思われた。いつかなにかのときに、自分は彼女を思い出すだろうと、てるみは思った。

編集長を起こして支払いを済ませ、外に出るともうすっかり朝で、狭い路地を抜ければJRの駅に、緑色の帯の入った銀色の電車が往来しているのが見えた。

「あー、悪かったなあ、朝までつきあわせて」

と、編集長が言った。

「いいんですよ。いろいろ、学ぶっていうか、考えることもあったから」

てるみは、そう答えてちょっと笑うと、足早に駅に向かった。

編集長は、

「え、ほんと？　それ、ほんと？」

と言いながら、腰に手をあてて歩きにくそうに後を追いかけてきた。

参考文献

『ガラスの靴・悪い仲間』安岡章太郎著　講談社文芸文庫
『占領軍住宅の記録』（上・下巻）小泉和子編　住まいの図書館出版局
『The American Way of Housekeeping アメリカ式家政法』Charles E. Tuttle
『ミシンと日本の近代――消費者の創出』アンドルー・ゴードン著　大島かおり訳　みすず書房
『洋裁の時代――日本人の衣服革命』小泉和子編著　OM出版　農山漁村文化協会（発売）
『浮浪児の栄光』佐野美津男著　小峰書店
『香具師奥義書』和田信義著　君見ずや出版　国会図書館所蔵本復刻シリーズ
『浮浪児1945－戦争が生んだ子供たち』石井光太著　新潮社
『俘虜記』大岡昇平著　新潮文庫
『ミンドロ島ふたたび』大岡昇平著　中公文庫
『靴の話――大岡昇平戦争小説集』大岡昇平著　集英社文庫
『満洲難民――三八度線に阻まれた命』井上卓弥著　幻冬舎
『ベトナム難民少女の十年』トラン・ゴク・ラン著　吹浦忠正構成　中公文庫
『戦争をくぐりぬけたおさるのジョージ――作者レイ夫妻の長い旅』ルイーズ・ボーデン文
アラン・ドラモンド絵　福本友美子訳　岩波書店
『香港・濁水渓』邱永漢著　中公文庫

解説

思い出してもらうのを待っている

東　直子

生き物は、やわらかい機械だと思う。人が死ぬということと電気製品が壊れて動かなくなることとは、似ている。

中学一年生のとき、友達とつないだ手をぎゅっと握って、電流計の端子を持つと、電気が流れたことを知らせる針が動いたのを見たときは、感動した。人には、電気が流れている。電気を使って神経細胞が情報を伝達している。電気をめぐらせることができなくなれば死を迎える、という意味で機械だなと思うのだ。

日々揺れ動くこの気持ちも、電気信号のようなものなのか？　肉体がなくなっても、電気信号的な心が、ふっと空中に残ってしまうこともあるのではないだろうか。魂や幽霊と呼ばれるものは、もしかしたら、その、ふっと空中に残ってしまったなんらかのものなのではないのか、と。

気配やたたずまい、オーラと呼ばれるような、その人が纏《まと》うなんらかの感じを表現する言葉があるが、それは電気信号、あるいは魂がにじみ出ている状態である気もする。

そして、心臓が止まり、身体の機能を失ったあとにも、気配やたたずまい、オーラ、あるいは魂が消え残った状態が、この本を貫く「ゴースト（幽霊）」なのではないかと思う。

物語に登場する幽霊といえば、人を脅かし、恐怖をもたらす忌み嫌われる存在として描かれることが多い。しかし、この本に出てくるゴーストたちは違う。脅かしたりしない。むしろ、人にそっと寄り添い、力を貸してくれる。

以前、幽霊に詳しい人に、家族の霊感が強くて本人が悩んでいることを相談したら、「幽霊は、賑《にぎ》やかで楽しそうだなあ、と思う所に行くので、塩を撒《ま》いて追い払おうとするのではなく、そっともてなしてあげる方がいい」と教えていただいた。「幽霊はよく咽喉《のど》が渇いているので、コップに水を入れて玄関先に置いてあげるといいよ」とのことだったので、しばらくそうしていたことがある。

真偽のほどはともかく、透明な水が照り返すかすかな光を見ていると、なぜかすっと心が落ち着いたのを覚えている。

本書『ゴースト』のゴースト（幽霊）たちも、その気配を察した人たちから、みな優しく迎えられる。生死に関わりなく、魂同士が語りあい、気持ちを寄せあう。

七つの物語のゴーストは、古い一軒屋に住む謎の女性だったり、紙飛行機を器用に作る少年だったり、赤ん坊だったり、時には、ミシンだったりする。決して怖くないどころか、心惹《ひ》かれる存在ばかりである。

彼らが死を迎えた原因や時期はそれぞれ異なるが、皆、戦争の影響を受けている。戦争の影響という点で、作者の他の著書にも共通している。

例えば、直木賞を受賞した『小さいおうち』は、絵本に出てくるようなすてきな一軒家に住む家族が、戦争で犠牲になる。近著の『夢見る帝国図書館』は、現在の国立国会図書館国際子ども図書館の建物の目線で、戦争の時代を含む長い歳月を描いている。

いずれの物語も、フィクションの形を取りながら、現在とは違う価値観の下、実際に起こった出来事と密接に関わり、ノンフィクション性を帯びていくことで強く引き込まれる。綿密な取材とともに繊細な物語を綴《つづ》ってきた中島京子の作品ならではの読書体験である。

悲惨な戦争の事実をただ伝えるだけではなく、非常時を生き抜いた、あるいは命を奪われた人々の声を聞き、魂に寄り添い、現在へとつなげ、さざなみのような問いを胸に広げてくれるのだ。

一話目の「原宿の家」は、タイトル通り原宿の古い一軒家とそこにいる女性に見入られた男の回顧が語られる。

一九八五年ごろに大学生だった男は、その家に住む女性と夢のような時間を過ごす。同じ場所で出会った幼い少女のことを、初老の女性が幽霊だと言う。数々の謎の裏にあった真実が、『東京都心部におけるGHQ接収住宅の研究』という本の中の数行の記述によって明らかになり、断片的に語られていた一人の女性の一生が一つにつながる。男の前に一軒の家ごと出現する幻。そこには、過酷な運命に苛《さいな》まれつつ強く生きてきた一人の女性の悲しみと執念がこもっているのだと思う。

二話目の「ミシンの履歴」は、一台のミシンの数奇な運命を描いた物語である。古いミシンといえばシンガーの足踏みミシンが有名だが、この短編の主人公は、昭和の初めに作られた国産メーカーが作った「一〇〇・三〇」と名付けられた足踏みミシン。機械であることを強調するような数字の名前のまま擬人化されることが、機械が持つ不器用な実直さを象徴するようで、いとおしい。

洋裁学校で働き、戦下に大日本婦人会の授産所に払い下げられたのち、個人宅に引き取られたところで空襲に巻き込まれ、戦後に解体修理され、新たな姿でまた働いて……と激動の時代をミシンは生きのびていく。ミシンのある場には、仕事を得にくかった当時の女性たちの人生が深く関わっている。ミシンの奮闘は、女性たちの奮闘の歴史と同期しているのである。

物言わぬ道具もゴーストになり得るという観点に瞠目《どうもく》するとともに、強い共感を覚えた。生き物がやわらかい機械ならば、機械は固い素材でできた生き物のようなもの、だとも言えるので。

第三話の「きららの紙飛行機」は、上野の浮浪児だったケンタの幽霊が登場する。一定期間だけ現れて、死因と同じく車に轢《ひ》かれて消える、ということを繰り返しているらしい。自分の姿が見える女の子、きららと出会う。育児放棄されているきららに、ケンタは心を砕く。戦後の浮浪児と現代の被虐待児の、一日だけの時間の中で飛ばす紙飛行機は、かすかな希望を具現化したようで胸を突く。

第四話の「亡霊たち」では、従軍経験のある仙太郎が「僚友」と呼ぶ、目には見えない人と語りあっていることをひ孫の千夏が知る。大岡昇平の『俘虜記』などの戦争に関する著作の内容と絡ませつつ、当時の出征兵士たちのことを想像する千夏のもとに、「現実にそこにある」亡霊が現れる。曽祖父の時代と現在が地続きであることと、戦争の亡霊のいる〝今〟をつきつけられた。

第五話の「キャンプ」は、「善意の人々によって運営されてい」るということらしいが、一体どこの、いつの時代のものだろう。戦禍を逃れてキャンプに集っている人々は国籍も人種もばらばらで、架空のキャンプが描かれているのではないかと思う。絵本『おさるのジョージ』を描いた夫婦の現実のエピソードが空想まじりで紹介され、ダイナミックな旅が、とても楽しい。

主人公のマツモト夫人は、ひたすら回想する。夫と生き別れ、三人の幼い子どもたちと「迎え入れてくれる地」に向かうための過酷な道中を。追いつめられた状況で、子どもたちへの配慮が足りなかったことを悔やみつつ、幽霊として再会した赤ん坊の娘を抱く。マツモト夫人の悲しみは、消えないだろう。

第六話の「廃墟」では、主人公の作家が、香港の九龍城の跡地で台湾の旅行記作家のファン・ジュンに出会う。廃墟好きの彼女が来日したとき、台湾人学生寮の廃墟を案内される。終戦により所有者が消え、住民の自治により運営されていた経緯は九龍城に通じる。建物は大火事の後、放置されていた。生々しい生活の跡を見るうちに涙してしまうが、建物に居残っている魂がそうさせたのかもしれない。

第七話の「ゴーストライター」は、この短編集の総括的な内容である。誰かになりかわって文章を書く「ゴーストライター」のてるみに、本物の幽霊らしき人物が、幽霊としての嘆きを伝えるセリフがある。

〈われわれには実体がない。言葉がない。言葉は彼らの側にしかない〉

〈死んだ者の言葉は、ほとんど聞かれないってこと。聞かれずになくなった者がほとんどだってこと〉

〈ゴーストはなんにもできない。死んだらおしまい。誰かに乗り移ったり、怨念をまき散らしたり、そんなことはできない。ただ、横にいて、思い出してもらうのを待ってる。あんたのつい隣で、待ってるんだよ〉

死者は語れない。しかし、年表の裏をめくって耳をすませば、表舞台にはいなかったけれど、確かに生きてきた人の顔が見え、声が聞こえる。言葉にならなかった幻の声を書きとめようとする作者の確かな意志と願いが、これらの言葉からじんじん伝わる。

（ひがし　なおこ／歌人・作家）

ゴースト
朝日文庫
2020年11月30日　第1刷発行

著　者　中《なか》島《じま》京《きょう》子《こ》

発行者　三宮博信
発行所　朝日新聞出版
〒104-8011　東京都中央区築地5-3-2
電話　03-5541-8832(編集)
03-5540-7793(販売)
印刷製本　大日本印刷株式会社

Published in Japan by Asahi Shimbun Publications Inc.
定価はカバーに表示してあります

ISBN978-4-02-264975-1
落丁・乱丁の場合は弊社業務部(電話 03-5540-7800)へご連絡ください。
送料弊社負担にてお取り替えいたします。